おいらん高尾

愛を抱いて死す

柚《ゆず》かおり

鳥影社

おいらん高尾　愛を抱いて死す

目次

花魁《おいらん》高尾《たかお》
愛を抱いて死す

（一）

浅草の浅草寺《せんそうじ》裏手にある新吉原《しんよしわら》に遅い朝の目覚めが訪れた。蜆《しじみ》売り、納豆売り、新香売りの掛け声が競り合うように聞こえてくる。遊郭の裏木戸のあちらこちらから物売りを呼びたてる疳高《かんだか》い女達の声も響いてくる。夜の賑わいの騒々しさに比べ何か落とし物をしたような物哀しい空気が流れてくる遊郭の朝の気忙しい一時《いっ》である。

そんな気忙《きぜわ》しい時間帯に紅殻《べんがら》塗りの二階の欄干に凭《もた》れて何気ない風を装いながら仲の丁の路上を見渡しているのは高尾だった。洗い流しの長い髪を束ねるでもなく、手拭いを目深《ま》に被って、あたかも人目を避ける様子なのが奇妙と言えば奇妙なのだが、化粧もせず浴衣に羽織を重ねたままの姿で、三浦屋の一枚看板の太夫が吉原の大通りを見下ろしている様子などは見苦しく、噂がたてば大変なことになるはずだった。

高尾の座敷は床の間付きの豪奢《ごうしゃ》な二間続きの部屋で、回廊からずっと奥まった所にあったから気安く外を覗くわけにもいかない。その上、かつては遊女だった凄腕の遣り手の峯《みね》婆さんが始終四方に目を配っていたし、高尾付きの新米新造《しんぞう》やカムロが傍らに侍《はべ》っていたから何事も人手を借りれば済む事ばかりで、それだけに自由が利かない不便さがあった。高尾が路上を見下ろすのは、彼方から聞こえてくる微《かす》かな鉦《かね》の音を頼りに托鉢《たくはつ》僧の姿を捕え、お互いの瞳で燃え上がり温め合うその瞬間の喜びだけの為であった。昨日は運良く欄干の真下で彼が見上げて合掌をした。胸が躍り高尾は危うく飛び降りてしまいそうになった。しかし、いつものように堪《こら》え、お互いの瞳を慈しみ愛撫しあって別れた。

でも、この日は駄目だった。鉦の音は遠くの方で微かに聞こえ、そして霞むように消えてしまった。

遊郭の夜は長く、腹を空かせたまま遊女達は申《さる》の時刻を合図に（七つ時……現在の午後四時）紅殻の格子戸のある大部屋に集まり三味線の爪弾きを始める。客を呼び込む廓の開始を告げる清搔《すがが》きの演奏で、好奇心いっぱいの男達がぞろぞろと群れをなして格子戸を覗きこむ。凄腕の番頭や遣り手婆さんが店の前で待ち構え、獲物は逃さじと争奪戦を繰り広げる。目の色が変わった男衆の袖を引っ張り、背中を押し、魚を釣るように見世の中へと追い込んでいく。

客の取れなかった遊女は惨めなものだが、夜更けて遊客が引き揚げた後の膳部には干からびた焼き魚や冷たく強張《こわば》った煮物が残っている。客の前では楽しげに踊って見せた遊女も空腹には勝てず、そんな残りものを分け合って食べる。そして、ぐったりと疲れ切って大部屋で雑魚《ざこ》寝のように眠りに就く。朝がくれば厨房の隅でそれぞれの箱膳を開け納豆や新香だけの粗末な朝食を摂《と》る。味噌汁が付けば上の口。大風呂の木の香りも失せた浴槽に浸かって昨夜の客の噂をしたり互いの背中を流し合って冷やかしたり慰めたりするが、見世に出たばかりの娘が急に泣きだして古参の遊女が途方にくれることもあった。

大部屋に戻ると鏡に向かって化粧を始めたり乱れた髪を直したりする。お喋りに興ずる者、手紙を書きはじめる者、この束の間の拘束されない時間が遊女達の唯一の楽しみであったが、この報われない遊女達の溜《た》まり場へ太夫ともあろう高尾が近頃しばしば現れては二階の欄干から外を眺めるのである。雑談に加わる様子をみせながら、さりとて話に身が入らず外の仲の丁の路上ばかりを気遣っている。豪商や裕福な武家ばかりを相手どり一世を風靡《ふうび》している高尾太夫にしては可笑《おか》しな振る舞いだと気付く者はいるが、手拭いの陰から光る太夫の目付きが痛ましいほど真剣なので親しい遊女も掛ける言葉が見つからない。高尾を妬んで嫌っている者も、好意を持っている者も、同じ複雑な思いで互いに目配《めくば》せし合っていた。

そこへ廊下から遣り手の峯婆さんの嗄《しやが》れた声が響いてきた。

「高尾太夫。高尾太夫。どこだい！　返事もしねえで全く！」

廊下の敷居ぎわに寝転んでいた遊女の一人が素早く頭を擡《もた》げると怒鳴った。

「さっき風呂場に居たよ。まだ髪を洗っているんじゃねえのかい！」言い終わるやいなや少し開いていた障子をバサリと閉めた。

「ずいぶん長っ尻だよ。江戸っ子にゃ我慢ならねえ」

ぶつぶつ言いながら階段をぺたぺたと音たてて下りていく峯婆さんの声を聞いて遊女の一人がペロリと赤い舌を出した。

仲の丁を見下ろしながら深い溜息をついた高尾は、やっと欄干を離れて、急場を救ってくれた遊女を見返り軽く頭を下げた。

「花魁。花魁。どこに居るの！」

まだ幼いカムロが泣き出しそうな必死の声で高尾を呼ばわり廊下を走ってきた。峯婆さんにきつく命じられたのだ。

これには高尾も勝てず、そっと障子を開けると、カムロに向かって唇に指先を当て

「ないしょ」と、合図をした。

（二）

高尾が座敷に戻ってみると脚付角盆が二の膳まで並び蛤《はまぐり》の吸い物が良い匂いをたてていた。くらげの三杯酢や豆腐田楽、蕗《ふき》の薹《とう》のお浸し、小魚の天麩羅《てんぷら》などが並んでいる。カムロが部屋を出て行こうとするので高尾は呼びとめた。

「何か食べてお行きよ」

「お腹はいっぱいです」

「子供がそんなことはないさ。ほら」

朱塗りの高つきに小ぶりの粟《あわ》餅が三個載せてあったのを懐紙《かいし》のまま手渡すと、カムロは恥ずかしそうに会釈をしてそれでも大急ぎで口に運んだ。遣り手に見つかるのを怖れているのかと思うと高尾はいじらしさで胸が震えた。高尾も数え八歳で遥々西那《はるばるにしな》須野《すの》の塩原から女衒《ぜげん》に手を引かれ、この三浦屋へ売られてきたから、カムロの小鈴《こすず》を見ると自分の生き写しを見るようで抱きしめたくなるのだった。

「あとで新造の白菊を呼んでおくれ。峯婆さんに内緒で」

高尾が頼むと、カムロは最後の粟餅を深く飲み込んで三つ指をつき丁寧なお辞儀をした。

ほどなく白菊が顔を出したので、気分が悪いから布団を敷くように依頼すると、白菊は、のけ反《ぞ》るほど驚いて「番頭どんを呼びますか？」と尋ねる。

「呼ばないでほしいのよ。この通りよ」

高尾が拝む仕草をすると、白菊は慌てて次の間の襖《ふすま》を開け、布団を敷きはじめた。

美しい花柄の絹布の敷き布団と掛け布団を二枚ずつ延べ箱枕を置いて、心配そうに高尾を見つめると部屋を出て行った。

高尾は食事も摂らず、無造作に羽織を脱ぎ棄てると浴衣のまま布団に潜り込んだ。枕辺に黒髪が乱れ散った。

時は萬治三年（西暦一六六〇年）に入ったばかりで島田権三郎《ごんざぶろう》が高尾と恋に落ちたのもこの頃である。権三郎は少年期から幼少の四代目将軍徳川家綱《いえつな》の小姓として仕えてきた。萬治に入ってやっと二十歳を幾つか超えたばかりの凛々《りり》しい若侍である。その権三郎が高尾の客として現れた。思えば僅か半年ほども前の事である。小姓の分際《ぶんざい》では当然遊郭の太夫を名指して遊ぶ事はできない。のちに北町奉行になった兄島田忠政※が、先輩から吉原遊郭の誘いをうけ、それが若い忠政を動かした。彼は城内勤務の弟にもご祝儀気分で誘ったに違いない。二人は極く身分を隠しての初登楼であったと思われる。

（※島田忠政　寛文七年〈一六六七〉～延宝九年〈一六八一〉北町奉行）

高尾の前へ現れた権三郎は若衆髷《わかしゅうまげ》の前髪を無理に詰めて浪人風の総髪に見せていたが全く板に付かず、衣裳も藍染めの格子柄で地味そのもの。物腰はぎこちなく酒もあまり呑めず遊芸も好む方ではないらしい。やっと二人きりになり枕の並んだ新床《にいどこ》へ入った。高尾が権三郎の手をそっと握って己れの胸へ誘《いざな》ってあげると権三郎の体がぶるっと震えた。彼の羽織を脱がせ帯を解いてやると、彼は震えながら高尾の帯を解きはじめた。彼の体は色白で汚点一つ無く見事に美しい。高尾の乳房は弾けそうに桃色に染まってきた。その乳首に権三郎は母を慕うような目で吸いついた。乳を吸われながら高尾は燃え上がってしまった。相客ではなく女として娘として。抱き合いつつ何度も昇天し、二人は前世でも恋人であったように感じた。裏も表もなかった。再び逢う約束を交わした。権三郎なしでは自分はもう生きられない……と高尾は悟ったのだ。権三郎も同じ想いだが小姓の身分では金が無い。悲痛な苦悩に苛《さいな》まれているのを高尾も判って別れる時に小判を数枚渡してあげた。しかし、いくら太夫でも小判を貯めるには嫌な客でも添い寝して、ねだらなくては貯らない。それ以来権三郎に逢いたい一心で裕福な客を選んでは金を集め恋人に渡した。権三郎も心苦しいのだが金を貰わねば高尾に逢えないのでそれを繰り返す。お互いの恋心が焦りで悲鳴をあげ半狂乱になりかかった頃、何故かぷっつりと権三郎は来なくなった。一ヵ月近くも恋人に逢えなくなった高尾は、ある朝ふらふらと彷徨《さまよ》って大部屋の遊女達の部屋へ這入り込み欄干から仲の丁を見下ろした。金が無いので恋人は遊郭内を彷徨い歩いているのではないのか？　すると不思議に彼方から編み笠を被った黒装束の僧侶が鉦を叩き経文を唱えつつ近づいてくるのが見えた。高尾が呆《ほう》けたようにその鉦の音色を聞いていると、意外にも僧侶は三浦屋の傍らで脚を留め二階座敷の紅殻塗りの欄干を見上げた。その目付き、少し微笑んだ口許、ああ忘れもしない権三郎さまだ！「あ！　あ！」手を伸ばし、もがいた。「どうして？　どうして？」声も出せずに欄干を叩いたが、しかし恋人は何も言わず再び鉦を叩き、経文を唱えつつ行ってしまった。それ以来高尾の大部屋通いが始まった。

島田権三郎は出奔した。この事は数日を経て直ぐ発覚し、兄忠政の耳にも届いた。

あれ程弟を訓育し、近い将来の為の経験だと言い聞かせたにも拘《かか》わらず権三郎は道を外してしまった。兄忠政は自分の犯した誤算の大きかったことに驚愕《きょうがく》し狼狽《ろうばい》したが、その後権三郎の行方は全く判らなかった。坂戸《さかど》にある島田家本家は代々徳川家の直参旗本で当時は二千石を拝領していた。家康が秀吉の命により家中《か》を引き連れて江戸に移った折、島田家は坂戸を拝領したと記されている。

高尾は権三郎恋しさに苦悶しつつも何か手立てではないかと思案していたが、権三郎が遊郭三浦屋の門口へ立ち寄って托鉢をするとは考えられなかった。いくら三浦屋が三百人の使用人を擁する大所帯であっても、編み笠、黒装束に身を包んだ若く凛々しい托鉢僧は誰彼の目を引寄せ、噂になるに違いなかった。

口の堅そうな番頭どんを一人手なずけて権三郎の後を追わせ文を渡す……等と考えてはみたが、それに相応しい番頭どんも直ぐには見当たらない。内所の追求には誰も歯が立ちそうにないのだ。特にこの半年あまり仙台の伊達藩主綱宗《つなむね》が高尾にご執心で日を置かずに通いつめていた。四日間も帰らずに居続けて酒を呑み遊戯をさせ、揚げ句の果てに高尾を責め苛む事があった。遊郭の居続けはご法度と決まっていたが身分の高い者や豪商にはそんな事は通用しない。

萬治三年二月（一六六〇年）幕府は伊達藩に江戸の神田川の掘割工事を命じていたが、陸奥守《むつのかみ》が総指揮官として采配をとったのは十日程で後は連日のように大川（隅田川）を山谷《さんや》堀に向けて舟を走らせ、船宿から陸《おか》へ上がって吉原入りを続けていた。やっと二十一歳になったばかりの若殿が仙台の本屋敷に八人の側室を抱えていたが内七人の側室が遊郭吉原の出身であることが噂になっていた。それでどこの遊郭も彼が登楼するのは大歓迎であった。

「一日も早く廓を出たい！　廓を出たい」高尾は絹布を齧《かじ》って叫んだ。いつ年季が明けるのだろう？　カムロの歳から勘定すると十二年は経っていた。だいたい十年で年季が明けると相場が決まっていたが、運良く身請けされれば早く廓を出ることも可能であり、高尾もそれを知らない訳ではない。十五歳の歳に豪商の楽隠居に水揚げされて、遊女の勤めの総てが判った。三浦屋から大事にされ手習い、詩歌管弦、舞踊、茶の湯の作法まで至れり尽くせり仕込んで貰った御恩返しが体を売る為だったとは、今更ながら気付くのが遅かった。カムロ時代から花魁に連れ添って色々男と女の機微に触れるよう慣らされてきたが、子供の自分にはただ五里霧中で訳《わけ》が判らなかった。老人に体を奪われ一晩中泣いて、やっと自分の運命が判ったのだ。少なくとも、権三郎に逢うまでの自分は体を張ることが仕事であり遊女の誇りであると言い聞かせ生きてきたが……もう駄目だ。あの方に逢いたい！　あの方無しでは生きられない。

「高尾太夫。高尾太夫。食事は済みましたかね？」

遣り手の峯婆さんの声が突然隣室の襖の陰から聞こえた。高尾の呼吸は一瞬止まった。聞こえない振りをして布団を被ったままでいると、はじめそっと開いた襖が驚くほど高飛車な音をたてて開いた。「布団の中とは驚いた！　全く」

「太夫。太夫。どこか痛むんですかい？　具合が悪かったら早くあっしらに知らせて呉れれば良かったのに。楽庵《らくあん》さんをすぐ呼びにやりましょうが……ところで誰が布団を敷いたんですかい？　誰が？」

「わちき……わちき……」

「わちきだって？　嘘を言いなさんな。箸より重たい物を太夫に持たせた事は一度だってござんせんよ。ふ〜ん。なるほどね。（後を振り向いて隣座敷の膳部をちらりと見た）栗餅だけ召し上がった？　とは！　腹痛ではありませんな」

「楽庵さんは要らんよ。体が疲れた！　もう駄目」

「疲れた？　それも判らん事ではありませんが、陸奥守は今夜もご出馬です。髪結いも先刻階下で今か今かと待っておりますんでね。太夫！　廓では我儘《わがまま》はご法度とご承知か！」

峯婆さんの目が吊り上がった。（……沈黙のままの高尾）

「いざ出陣。さあ起きてください。太夫がくらげの酢のものが好きだと聞いて板前が腕によりをかけてお造りしましたよ。食べれば元気百倍。直ぐ治ってしまう事、請け合いさ」

沈黙の高尾。ややあって上掛けから顔を覗かせると、強い語調で言った「わちきの年季は、いつ明けるのか！」

「年季？　年季ですって？」峯婆さんは額に手をやった。

「阿呆くさいことを言って、あっしを困らせるつもりなら止めときな。そんな事は内所の親爺《おやじ》さんか内儀《おかみ》さんに聞いてみればよかろ。それにしても太夫だって既にご存じでしょうが？　陸奥《むつ》守がえらく太夫にご執心で側室にしたい、身請けをしたいと御申し出あり、内所では大層お喜びでござんす。そんな折に病だ、疲労だ、等と罷《まか》り間違っても言えるものではござんせんよ。ね！　今日のところは機嫌を直して峯婆さんの顔を立ててくださいよ！」

また、布団を被った沈黙の高尾。

「峯さん。髪結いが待ちかねていますが如何《いかが》しますか？」

番頭の声が廊下から響いた。

「すぐに仕度をするから座敷へ上がってもらいな。ほれ、化粧台を出して……衣桁《えこう》に小袖を掛けて……太夫、どの小袖にしますか？　太夫。太夫。もうこれ以上は我慢なんねえ。起きてくれ。起きるんだよ！」

やにわに高尾の布団を剝ぐ峯婆さん。わっと泣き伏せる高尾。

髪結いの足音より一足早く新造の白菊が小走りに入ってきた。震えて泣く高尾の背を撫でさすった。

「堪忍。堪忍。辛かろう」白菊が思わず囁くと、

「何が堪忍だ。早く仕度せい。小袖を選んで太夫に着せて！　既に午《うま》の刻（正午）を回ったと言うに、この有様は何事だ！」

（三）

陸奥守が夜明け近く供の者達の迎えで帰って行った。遊女が脇の潜り戸まで見送りするが常であったが、高尾はその気力も失せ、呆けたように大の字になって寝床に倒れていた。遊女への労りは微塵《みじん》もない陸奥守。ほしいままに貪り、飽いては酒を呑み、また貪る。ほしいまま応じなければ乱暴もした。彼は酒乱だった。

高尾の頬に涙が流れた。寝衣が乱れ桃色の豊胸が露《あら》わに零《こぼ》れている。太腿《ふともも》には赤い痣《あざ》さえあった。あの酒乱が捻《ね》じったり齧《かじ》ったり好き勝手なことをして翻弄した体臭が染み付き自分の体とは思えない。汚らわしくて切って捨てたいような衝動があった。あの方の為にだけ大切に納めて置きたい体を、まるで魂が無い女を操るように犯し、凱旋《がいせん》将軍さながらの勇み足で立ち去って行く。

もう、この体を愛しいあの方に捧げる事は無理かもしれない。でも、でも、権三郎様に逢いたい。あの方に跪《ひざまず》いて許しを乞い、抱き締めてもらいたい。今頃はどの辺りで眠りについているのだろう？　文さえ出す事ができたら……文さえ……文さえ貰えたら……高尾は吉原以外の近隣を全く知らない。街道筋と言えば、塩原の塩釜《しおがま》を出て女衒に手を引かれ安宿に泊まりながら幾日も歩いた奥州道中と、宇都宮から分かれる日光道中から江戸に入った道しか知らなかった。廓《くるわ》の外へ出る事は太夫といえども許されなかったから仕方がない。廓の外へ出たのはただの二回で一回目は材木商のご隠居が大川（隅田川）の舟遊びに誘ってくれたからだった。一度で良いから大川を眺めたい……と言う高尾の願いを、そのご隠居は叶えてくれた。内輪の催事なので目立たぬようにとの配慮から小振りな釣り舟に番頭と遣り手だけを付け両岸の緑を見るだけの舟遊びではあったが、廓のあの黒塗りの大門を出られた喜びと川風の心地良さは高尾生涯の思い出になった。しかし老いた豪商の死はあまりにも早く、その数ヵ月後には鬼籍に入ってしまった。後は、この年の正月に近在から廓へ入ったばかりの高尾付きのカムロが風邪がもとで亡くなり、も寄りの線香畑に埋葬した時だった。男番頭が亡骸《なきがら》を筵《むしろ》に包んで背負い出て行くのを高尾と白菊が呼びとめて土手下の線香畑まで付いていった。三人で穴を掘り棒杭を立てて線香を横たえてきた。身寄りも無い遊女達の多くが墓も無いまま空き地の境内に埋葬されるのである。後で内所にこの一件が洩れ、高尾と白菊は親爺さんから酷く叱責された。今後無断で廓を出たら三日間柱に縛り付ける……と言い渡された。親爺さんは普段は高尾太夫には甘すぎると陰口を叩かれていたが、遊女達はそれを耳にして震えた。

しかし、あの時眺めた土手八丁の風景は高尾の脳裏に刻み込まれた。土手の両側には縁台を出した茶店や蕎麦、天麩羅、田楽味噌《でんがくみそ》の屋台が所狭しと入り込んで、大声で客を呼び込んでいた。日に焼けた顔に手拭を巻きつけた農婦が草餅を売ったりもしていた。馬に跨《またが》った武士風情が編み笠を殊更深く被って通り過ぎて行く。堀の下を覗くと猪牙舟《ちょき》と呼ぶ小舟が往来しているのが見え、その賑わいぶりには目をみはるものがあったが、八丁堀が切れる辺りに広がる荒地の芒洋《ぼうよう》たる空間には人影も無く線香のにおいだけが満ちて、いとど侘《わび》しいのである。近隣の人達は、線香畑と呼んでいるようであった。

「あらあら風邪をひきますよ。太夫」

乱れた布団の上に寝転がって記憶を手繰りよせていると突然頭上で白菊の声がした。

「まだまだ春先ですもの。冷えますすよ」

肩も胸も露わな高尾の寝巻の襟を整え絹布の布団を静かに掛けてくれると、

「古里へ帰って、ゆっくり温泉へ浸かった夢でも見てくだしゃんせ」

冗談めかして、ほんのり笑いかけると、布団の上から赤児でもあやすようにトントンと肩のあたりを軽く叩いて白菊は座敷を出て行った。痩せた白菊の後ろ姿が古里の母のようにも見え、高尾は夢とうつつの狭間《はざま》でありありと故郷の風景を見たのだった。

見上げれば高原《たかはら》山の連山が霞んでいた。雪解けが始まっていた。塩原の山奥から流れてくる箒《ほうき》川で弟と二人だけでよく遊んでいたものだ。見よう見真似で仕掛けた簗《やな》に鮎やヤマメや名も知らぬ小魚が仰山《ぎょうさん》懸《かか》ると、重い魚籠《びく》を二人で支えて天にも昇る心地で小屋掛けのような粗末な我が家へ運んだ。

　何故か寝てばかりいるお父《とう》がこの時ばかりは起き出してさんざん褒めてくれる。弟が見た事もないくせに「天麩羅が食べたい」と言ったのでアキ（高尾の幼名）も「食べたい。食べたい」とはしゃいで囃したが、お父は聞こえないふりをして山奥の湯治場へ売りに行ってしまった。

　土間にひっくり返って足をバタバタさせ弟が大泣きに泣いたのでアキも大声を上げて泣きじゃくった。お母は黙って俯《うつむ》いていたが、あの時の光景をアキは生涯忘れない。

　そして……あの女衒《ぜげん》だ。或る日忽然《こつぜん》とあばら屋の入口にのっそりと立った男。嗤《わら》った顔が鬼のように見えてアキはジリジリと身を引いていた。

　それが最後だった。弟は使いに出されたらしく居なかったが、お父とお母は何度も女衒に頭を下げて礼を言っていた。女衒がアキの手を繋いだのでアキは振り払って小屋の中へ逃げたが、その時お母が抱きしめて言ったのだ。

「大丈夫だよ。江戸はとても良い所で食べ物も仰山《ぎょうさん》あるらしい。特に三浦屋は大店《おおたな》で安心できるそうだよ」

それからは幾日も女衒に手を引かれて歩いた。蓑笠を被り蓑で着膨れて奥州道中から日光道中へと安宿に泊まりながらの旅である。泣きながら振り返り振り返り歩いていると「後ろを振り向くな！　前を向いて歩け！　前を向いて歩けば江戸がどんどん近くなるんだ！」と、女衒が怒鳴る。

それで喜連《きつれ》川宿へ着く頃にはアキもすっかり古里を諦めて涙も枯れてしまった。

（四）

次の朝高尾は怱々《そうそう》に入浴を済ませると、贅沢な二の膳付きの朝食も残さず食べた。昨夜じっくりと考えた「年季奉公」の事を内所の親爺や内儀《おかみ》と膝詰め談判してみようと決心したからである。洗い髪を元結いでしっかりと結び、最も地味な小袖を選んできちんと着こなし、後ろ帯を締めて内所の暖簾《のれん》を潜った。

「おや？　高尾かい。ばかに早いじゃないか」

内所の親爺も内儀も虚をつかれて驚いたが、しかし見れば見る程好い女である。今まさに熟れた果実のような芳潤な姿態は、たとえ地味な小袖に包んでも色気が吹き零れている。これでは陸奥守が惚《ほ》れこむのも無理はない……この身請け話はまず断れまいと心中頷いた。親爺が煙管《きせる》を長火鉢にぽんと叩いて口火を切る前に、すかさず高尾は高飛車に声を荒げた。長火鉢の前に片膝を立て「親爺さんよ。年季奉公の件ですがね。わちきの年季は何時《いっ》明けるのでござんすか？　誰に聞いても長くて十年と申しますが。女衒と三浦屋との約束はどうなっていますんで」

「女衒！　女衒だって？」

親爺も内儀も驚き呆れて、暫く開いた口が塞がらなかった。

「長い間それだけが楽しみで遊女稼業を続けてきました。今日こそそれを聞かしてください」

昨日まで廓言葉をがっちりと仕込んで礼儀作法も怠りなく教育したはずの高尾からこんな切り口上が飛び出すとは内所の夫婦も想像出来なかった。古くから奉公をしている筆頭番頭でさえこんな乱暴な物言いをしたことはなかった。

「高尾太夫よ。今朝は、まさか掛け小屋の男歌舞伎を真似ておふざけを楽しんでいるのじゃあるまいね？」

まず、内儀が口火を切った。

「ふざけるなんて滅相も無えことで。わちきが奉公にあがってから早や十二年経《た》ち、年季明けは今日か明日かと毎日指折り数えて待ちあぐねているのが本音でござんす」

「お前さんよ。カムロの奉公とは聞いて呆れるよ。カムロの頃をようく思い出してご覧よ。使い走り程度で後は食べて寝るだけの身分、教える手間の掛かること夥《おびただ》しく、奉公などと罷《まか》り間違っても言える筋じゃあござんせん。歌舞音曲、習字手習い、茶道に華道と数え上げたら限《きり》がないくらいだよ。忘れてしまった……とでも言い張る積りか！」

「まあ。その辺で止めとけ」

煙管の雁首《がんくび》を長火鉢の縁にぱしっと叩いて親爺が口を開いた。

「高尾よ。好きな男でも出来たか？　正直に言ってご覧よ。長い間可愛がってきたお前と私らとの間に隠し事があっちゃあなんねぇからな。事と次第によっては力になれるかも知んねえが……」

沈黙の高尾。

「素直に答えられねぇ男か？　これだけは言っておくがな。いくら好きになった男でも、お前を、さぁどうぞと身請けに来てくれる男でなかったら風上には置けねえよ。わしも京都で長いこと奉公をしたもんだ。奉公というものは中々報われない切ないもんだと言う事もようく知っているつもりだよ。いくら気張って働いても暖簾《のれん》の一つも分けてもらえば上々で、それも当てにはならねぇ。守銭奴《しゅせんど》と言われて馬鹿にされ金の鬼になっても傾城屋《けいせいや》の親爺ぐらいが精々で（親爺は乾いた声でカラカラと笑った）一国一城の殿様にはなれねぇ。秀吉様や家康様にはなれねぇんだ。判るだろうが？　ところが男がやれねぇくても女がやれる技がある。それが遊女稼業と言うもんだ。判るだろう！　女の手管には男は弱い。望まれれば玉の輿にも乗れる。聞けば伊達藩は六十何万石と言うじゃあねぇか。そこの若殿に望まれて、何と側室様だよ。お前は。遊女にとってこれ程果報な話があるか？　迷わずこの申し出を受けなさいよ。男子を授かってご覧よ。一国一城の主になる事も夢ではない」

「側室が七人も八人も居る所へ又一人おまけが付くだけさ。ちっとも果報とは思わない。わちきは年季が明けたら西那須野へ戻って百姓でも何でもやる気ですよ。もう遊女稼業は真っ平。ねぇ親爺さま、わちきの年季は何時明けるのですか。もう勘弁して放免してくださいよ」

「まだ判らんのか！　この娘《こ》は！　水揚げして貰うてから十年だよ」

癇癪《かんしゃく》を起した内儀が煙管を長火鉢にばしっと叩きつけて言った。

「すると、あと五年はかかる寸法でござんすなぁ。わちきが親爺様の前へ小判の首を幾つぐらい並べたら五年が帳消しになるんでござんすか。この場で一つ、はっきりさせてくださいよ」

顔を見合わせて渋い表情の親爺と内儀。親爺が言った。

「高尾よ。世の中を舐《な》めちゃぁいけねぇ。自惚《うぬぼ》れてもいけねぇ。さっきから何度も言うが身分相応に処していかねぇと、とんでもねぇ事になる。身請けが一番だ。伊達藩の側室ともなれば殿様の機嫌次第で侍女が何人も付き、古里の湯治場だって行かして貰えるさ」

もう交渉の余地はないと高尾は悟った。悲痛を押し隠し高尾が立ち去ると、内所の夫婦にも、かなりの動揺が走った。

(高尾があそこまで粘るところをみると余程好いた男に違いない。長年手塩にかけた娘なので望みを叶えさせてもやりたいが、さりとてそれでは商売が成り立たない。好きな男と心中でもされたら、それこそ一大事である。高尾の想い人とは一体誰だ？新造番頭に聞いたら判るのではないか？　今までの客で思い当たるのは居たか？)

(一人居たような気もしますがね……でも、あの若侍は十七、八にもなっていたかどうか怪しいもので、何でも年長者の手引きとか何とか茶屋で申して居りましたよ。身請けどころか廓へ通うことも儘にはならぬお歳頃で……ただ滅法《めっぽう》好い男前なので皆が

噂をして居りましたがね）

（それではないのか？　あの高尾が急に年季、年季と騒ぎだしたからには陸奥守の一件も早く片を付けないと飛んだ事になるぞ）

（この間仲の丁を急ぎ足で歩いていると托鉢僧が擦れ違いましたけどね……何処かで見たような顔貌《かたち》、菅笠《すげがさ》を被《かぶ》った横顔なんで確かめようもなかったけど、坊さんが三浦屋へ上がったのは数えるほどですから人違いだと思いますよ）

「しかし困ったな。陸奥守は幾らでも小判を積むと申されて居る。高尾を身ぐるみ秤に掛け、その身に釣り合うだけの黄金を惜しみなく出すと申されて居る」

「左様ですとも。だからこそ然《しか》らば……でござんすよ。又とない儲け話を溝《どぶ》に捨てる阿呆は有りませんよ」

その夜、内所の夫婦は寝も遣らず相談に明け暮れた。その結果、身請け金として、陸奥守に法外な値段を吹っかけ、たじろいで側近の家臣どもが身請け話を制止すれば、それはそれで良し、あちらの弁解の余地も出来るし、こちらの顔も潰されずに済む。高尾太夫の名声も一段と上がる事は間違いない。それでも陸奥守が引かず契約が成立してしまった暁には、高尾太夫には一切内密。家内の番頭心を一つにして水も漏らさぬよう配慮すべし。穏やかに品川沖の伊達藩下屋敷へ送り込む事が必定《ひつじょう》……と決まった。

（五）

急がねばならない。高尾も計略を色々巡らせてみた。ただ一つ手がかりを見つけたのは塩原出身の番頭清《せい》どんだった。真面目な人で古里が近い事から時折座敷の出這入口《ではいりぐち》で言葉を交わす。塩釜で老いた両親が畑をいじりながら茶店などをやって細々と暮らしているから、早く帰ってやりたい等と目を細めて語るのである。番頭になってから五年も経つので三浦屋でも追い追い頼りにし重宝がられていた。清どんだったら相談出来るかもしれない。駄目だとしても秘密は守ってくれるだろう。

白菊に清どんを呼んでほしいと耳打ちすると、程なく彼がやってきた。両袖を襷掛《たすき》けにして裾を端折《はしょ》っている。

「忙しいところを悪かったね。少し話がしたいので座敷へ入って来られるかい？」

「少々でしたら大丈夫ですよ。今しがた行灯《あんどん》部屋の村雨《むらさめ》さんが息を引き取ったので後始末をしていたところですから」

「それじゃ手が外せないね？」

「いや。もうほとんど終わりです。身寄りの無い人ですから持ち物も少なくて」

「これから線香畑へいくの？」

「いや。もう午《うま》の刻（正午）も近いですから大八車を曳いて出すことは無理ですよ。明日の夜明け、木戸が開いてからになりますね」

「明日の夜明け、明日の夜明けだね。村雨さんも素直な良い人だったのに可哀そうに。それでねチョイト相談があるのよ。中へ入って襖をしっかり閉めておくれ」

清どんを奥の座敷へ通すと高尾は両手をついてお辞儀を二度も三度も繰り返した。

「止めてくださいよ太夫。何事ですか？」

清どんが驚いて青くなると、

「明日、村雨さんの亡骸を出す時に大八車の脇へわちきも載せておくれ。門番に見つからないように筵《むしろ》を沢山被せて村雨さんの古い布団や着物などを重ねておけば少々盛り上がってても判らないと思うよ。線香畑で逢わねばならない人がいるから助けておくれ。お礼には二両払う。今渡してもいいのさ」

「いやいや。待っておくんなさいよ。そこで心中されたり、そこから二人で駆け落ちされたら、わしはどうなるんですかい？　この話は御免だなあ。わしも双親《ふたおや》抱えて年季明けを指折り数えて待っている身ですから勘弁してくださいよ」

「そんな酷い苦労は誓ってさせないよ。相手の顔さえ見たら又大八車に載せてもらって筵を被り大人しく帰ってくるからさ。水桶とか箒とか熊手を廻りに散らして載せておけば門番も筵まで剥いで見ようとはしませんよ。肺の病でさんざん血を吐いて亡くなった遊女だもの、気味悪がって触りませんよ」

「太夫は、それでも往って戻って来たいんですね」

「お願いだよ。この通りだ。わちきも年季が明けたらその人と所帯を持つのが生涯の望みなんだよ。この通りだ。助けておくれ」

高尾が両の手を合わせて拝むので、とうとう清どんは引き受けてしまった。

高尾が二両を渡すと彼は一両で良いと言う。しかし高尾は二両を彼の懐に押しこんで、また両の手を合わせた。後は明け方ちかく大八車が出て行く頃あいをみて高尾が裏口から乗り込む手筈が整った。

清どんが座敷を出ていくと入れ違いにカムロの小鈴が可愛い顔を覗かせた。

「太夫。何か御用はありますか？」

「小鈴は吉原界隈を托鉢して歩いていく坊さんを見た事があるかい？」

「三人おりますが一人は若い人ですよ」

「まぁ良く知っていること。わちきより物知りだ。それでは今朝は大部屋へ遊びにいって一緒に欄干から仲の丁を見下ろしてみようよ。若い托鉢僧を見かけたら高尾の袖を引っ張っておくれ」

高尾と小鈴が、そっと大部屋へ入っていくと気の利いた遊女が二、三開いていた障子をバタバタ閉めてしまった。風呂上がりの半裸の女も居たし、襦袢《じゅばん》の襟元を大きく開けて白粉刷毛を派手に塗り込んでいる女もいた。束の間の遊女達の寛ぎの時間に割り込んで二人は遠慮がちに紅殻の欄干に隣り合わせに腰掛けた。「可愛いね。好いべべを着て」等と声を掛ける者はあっても誰にも疎《うと》まれない雰囲気の中で二人は真剣に托鉢僧の姿を探した。物売りや走り使いの丁稚《でっち》が忙しく駆け廻っている隙間を冷やかし半分の男達がゆったりと彼方此方の遊郭を見上げて歩いていく。

小鈴が高尾の袖を引っ張ったので、立ち上がって彼方を見はるかすと江戸丁の方から角を曲がって仲の丁へ歩みを進めている編笠の僧侶の姿が目に入った。墨染めの衣の姿も凛々しく、まさしく権三郎に違いはなかった。はやる胸を抑《おさ》えながら彼が三浦屋の前を通り過ぎる時高尾は微笑みかけ小鈴のカムロの頭を叩いて合図した。見上げて彼も微笑んだところをみると謎が通じたのであろうか？

二人は急いで高尾の座敷へ戻った。

「今見た若いお坊さんの後をつけておくれ。きっと線香畑へ行くのだと思うけれど、周りに人が居なくなったら声をかけてもいいよ。権三郎《ごんざぶろう》さまですか？　と聞いてハイと答えたら、明日の明けがた三浦屋から遊女の亡骸が出ます。番頭一人が大八車を曳いて行きますからご回向《えこう》をお願いします。言えるかい？」

「大丈夫です」

小鈴が一言一句間違わずに繰り返したので高尾は抱きしめて言った。

「ありがとうよ。それでは帰り道に三浦屋の誰かに遇うといけないから草餅でも何でもよいから買って、聞かれたら高尾太夫のお使いですと答えてね」

柔らかな小さな掌に銭三十文を載せてやると、小鈴は大急ぎで裏口の木戸から出て行った。

（六）

次の日の夜明け、脇木戸が開くと直ぐに、清どんは村雨の大八車を出した。遊客が朝帰りを始める頃なので急ぐ必要があった。死体の脇にそっと這入り込んだ高尾だったが死人の冷たさは又格別でブルブルと震えながら見張り番小屋を通過した。

土手八丁を清どんが駆ける間ほとんど人通りもなく線香畑へ着いた。高尾が大八車から降りると、未だ薄明の荒地の奥に小屋が見え、直ぐ権三郎が出てきた。清どんは見ぬ振りをして適当な穴掘りの場所を探しているようだった。

「アキ。アキ」

権三郎は高尾の幼名で呼ぶと粗末な衣裳に身を包んだ恋人をがっしりと受け止めた。高尾は声も詰まってしまい、ただ泣きながら抱かれていた。

「小屋へ這入ろう」権三郎が薄暗い彼方の小屋を指して高尾の手を奥へ誘った。

「小屋があったのね。やっぱり」

死体の冷たさと恐怖で痺れてしまった唇をやっと開いて高尾が訊ねると、

「一ヵ月前に作り始めて数日前に出来たばかりだ。白湯《さゆ》が沸いている。少し飲みなさい。きっと落ち着くよ」

小屋の中程に穴がありホダが燃えていた。高尾が古びた椀に注がれた湯を少しずつ啜《すす》っている間にも権三郎は柱に吊るされた蓑《みの》を恋人の肩に掛け、抱き締め続けた。

「ああ幸せ。このまま逃げてしまいたい」

高尾が思わず呟くと、

「それは無理だ。これからの道のりを充分考えて行動しないと失敗する。整った時には連絡するよ」

「勿論その心算《つもり》よ。お金は、わちきがきっと工面《くめん》する」

「言っておくが、今は修行僧道哲《どうてつ》と名乗って居るから」

「おや？　まあ道哲さんですか」高尾が首を傾《かし》げると、

「太夫。そろそろ帰りますが用意はいいですか？　かなり明るくなってきましたよ」

小屋の外から清どんの囁くような低い声が聞こえた。

「ああ。もう行かなければならない。ああ」

高尾が恋人にしがみつくと権三郎も抱きついて頰ずりをした。彼の涙が高尾の涙と重なりあってぐしゃぐしゃに濡れたが拭う暇も無かった。

「風邪をひかぬようにな」高尾が後を振りかえりつつ言うと「大丈夫だ。アキも気をつけて。決して焦ってはならぬ」

清どんが土をかけた辺りから線香の煙が漂い上るのが見え、空は白く明け始めていた。晩春とは言え肌寒く、高尾が今一度振りかえると剃髪した筈の権三郎の頭部も顔も無精髭が伸び半年前の若侍が十年も老けて見えるのだった。高尾にとって、それは愛の証しにも見え、心から微笑んで冷たい大八車に身を横たえた。

清どんは高尾の上に筵を七枚程も被せると、泥のついたままの墓掘りの道具を筵の上に撒き散らし、一言も口をきくこともなく土手八丁を走り抜いた。土手の柳が見え遊郭の黒大門が見え脇木戸からは番頭や遊女に見送られ朝帰りする客の姿が見え始めていた。清どんは番小屋を突破した。

（七）

旧暦の五月、既に桜花の季節が去り、新吉原の仲の丁の大通りでは、中央の盛り土に菖蒲《しょうぶ》を植え込んで、あやめの花をちらほら覗かせ、花街吉原の雰囲気作りに余念がなかった。旧暦の五月には梅雨もやってくる。申の刻に掻きならす清掻きの三味線の音も何とはなく重く響いて今夜の客足は如何《いか》にと遣り手や番頭達の気を揉ませていた。

しかし京町の三浦屋だけは、まことに活気づいていた。番頭丁稚に至るまで掛け声の華々しさは常よりも目立ち、何よりも毎朝慣例の拭き掃除がいやに入れ込んで凝っているので、新造はじめ端の遊女までが何か珍しい催事があるに違いないと耳を欹《そばだ》てていた。

高尾そのものは、内所の夫妻に身請けの一件を断ったものの全く不首尾で、逆に内所が陸奥守のご機嫌を窺うことが目に余るようになり、高尾をじわじわ追い込んでいた。高尾も面会謝絶と宣言して食事も摂らず布団を被って抵抗していた。ただ修行僧道哲からの連絡を待ち焦がれるばかりで身も細り、確かに病人のようにも見え、峯婆さんが覗くと「年季、年季」と、うわ言を言い「三浦屋の大嘘つき」と怒鳴る。

「太夫は少々気が触れたようで。親爺さん。大丈夫かね」

すっかり手を焼いた峯婆さんが愚痴を零すようになった。

そして或る朝、高尾は辛い夢をみていた。ふわふわと掴みどころのない雲海のようなものの中に体が投げこまれ漂っていたかと思うと、千切っても千切っても糸を引く真綿の繊維に絡みつかれて逃げられない。浮き上がったり沈んだり。着地したいと足を伸ばしても触れるものもない。ただ下腹部の股間の辺りに気味の悪い鼬《いたち》のような生き物がしがみ付いて離れない。臭気を放ち股間の生き血さえ吸いつくそうとする生き物。悪寒がする。頭部がぐらぐらする。

水が欲しい。水を下さい。古里の箒川を思い出して、もがくように泳ぐと、しかし、そこは箒川でも滝壺でもなく、ぬらぬらと体に巻きついてくる得体の知れない沼地だった。

もがいても……叫んでも……誰も応えてくれない。

「島田さまぁ」「権三郎さまぁ」と呼んでみたが返事がない。孤独の極みの中で虚しいと知りつつ「お父《とう》！」「お母《つかぁ》！」と喚《わめ》いてみたが、やっぱり返事は聞こえない。

「道哲さん！　助けて！」無我夢中で叫ぶと、微かに遠方から道哲の読経の声と涼しい鉦の音が聞こえてきた。

その時、ふと高尾は目が開いたのだ。「夢だったか……」既に太陽は南へ移行して廻り廊下に面した丸窓の障子から蒸れたような日差しが差し込んでいた。

「嫌な夢だったなあ」

顔をぐりぐりと撫でまわし、枕元の煙草盆に手を伸ばすと、銀煙管で一服吸いさし、深い吐息とともに煙を吐いた。

（八）

「おやっ？　御目覚めですね」

まるで、待ってました！　とばかりに峯婆さんが顔を覗かせた。高尾が不興気に顔を反らしても、

「一番風呂がお待ちかね！　ほい。竹どん。竹どん。高尾太夫がお目覚めだよぉ」

峯さんの金切り声が階下に向かって叫ぶと、襷掛けの番頭が裾を端折って毛深い脛《すね》も丸出しで駆け上がってきた。

「花魁。さあ！　どうぞ！　どうぞ。一番風呂でやってくだせえ。菖蒲をたんと入れやしたから存念なく浸かってくだせい」

大柄の番頭が乱暴に高尾の布団を剝ぐと、手取り足取りという勢いで抵抗出来ない。峯婆さんまでが高尾の背中をぐいぐい押す。すっかり痩せて弱々しくなってしまった

高尾は為すがまま抱き取られるように風呂場へ連れ込まれた。

風呂場では姉さん被りの番頭新造が襷掛けで待ち構え、怖ろしいほどの手早さで高尾の髪や体を洗った。確かに菖蒲の香りは快いものであったが、すべてが用意されていたように不思議に手早く慌ただしく進んでいく。考える暇もない。番頭の竹どんと番頭新造の二人が前と後から支えて無理矢理二階座敷へ戻された。

座敷には既に二の膳が並び、尾頭付きの鯛から鰻の蒲焼までが出揃っている。高尾の好物が鰻の蒲焼ということも峯さんは先刻承知だから抜かりはない。

「高尾太夫の為に灘の銘酒を取り寄せてあります。さ！　さ！　といきやしょう。太夫。盃をぐいっと明けてくだしゃんせ。もともと太夫は下戸ではないはず。ぐいっと乾せば元気百倍。もと通りの体に戻りますよ。どれ、一献」

カムロの頃から酒に慣らされて育った遊女達は、確かに酒の匂いを嗅ぐと習性が呼び覚まされる傾向があった。

峯婆さんは明らかに企んでいる。負けてはなるまいと顔を背け高尾は脇息《きょうそく》に凭《もた》れた。しかしここで引っ込む峯さんではない。盃を高尾の鼻先まで運び、それを捨てると又新しく盃に酒を注いだ。部屋の中に酒の匂いが充ち溢れた。

「おっとおっと少しだけ……少しだけ」と言いながら、やにわに盃の酒を高尾の口へ注ぎこんだ。「むっ」と高尾は一度咽せたが、風呂上がりの冷酒は弱った高尾の体に染《し》み入ってしまった。

長年遣り手として鍛えた峯婆さんにしてみれば、この程度の事は思惑通りで、内所の指示通りでもあった。やれやれと思い、次の手順にかかった。

「これが鯛の頭《かしら》の一番旨いところでござんしょう。どうです。旨いですよ。少しでも箸を運んでご覧なさいよ。これは太夫の好きな鰻の蒲焼。これをたんと食べれば精がつくんですよ。ともかく体に精を付けないことには話が始まりませんや」

鰻の姿焼きを指さしてココぞとばかりに峯さんは強調した。

「思い出せば懐かしいじゃござんせんか。もう二《ふた》とせも前になりますが材木屋のご隠居が太夫と舟遊びなさいました。あの時も鯛の尾頭付きでご隠居が大層喜ばれ目出度い目出度いと手を叩かれましたよ。梅雨時にしては今日などは滅法の上天気で、如何《いかが》ですか？　白菊や小鈴と舟遊びと洒落ては」

「どの道、陸奥守が糸を曳いているんじゃろうよ」

投げやり口調で言うと、高尾は煙管に手を伸ばした。

「おほほ。太夫は近頃拗ねるのが旨くなりやした。結構ずくめでござんすねぇ。あ！　食欲がない時はこれ、鯛の身と鰻を交互に重ねて茶漬け。これが一番！　さあ召し上がれ」

朱塗りの椀に湯気のたつ茶漬けを出され、高尾は思わず手にとり一口啜った（線香畑の権三郎の小屋で啜ったあの白湯《さゆ》のおいしかった事……もう一度飲んでみたい。権三郎さまの便りはどうしたのか？）。「カムロの小鈴を呼んで下さい。峯さん。草餅を買いにやって」

「呼んでやりますよ。呼んでやりますから、ともかくこの茶漬けだけは干してくださいよ」

その時階下から番頭の声がした。

「峯さん。髪結いの蔦屋がもう着いて待っておりやす。如何しますか？」

「もうじき済むよ」

確かに空腹であったから高尾は無理矢理茶漬けを呑んだ。

細身の峯さんだが四十代も半ば、黒じゅすの襟に黒帯を締め、髪は櫛巻き。このなりだけを見ても一《いっ》ぱしの遣り手なのだが此の日は格別で筋金入りの凄味があった。

峯婆さんが階下へ向けてぽんぽんと手を鳴らした。番頭が途中まで階段を駆け上がり、彼女の目配せで間髪を入れずに頑固そうな体格の男髪結いが道具箱を下げて上がってきた。

「花魁。ご機嫌は如何でござんすか？　お疲れの場合は、ひと声掛けてくだせぇ。それでは早速……」

髪結いは高尾の後ろへ回ると、道具箱から色々な櫛目の柘植櫛《つげ》を引き出し、厚ぼったい大きな油紙の上へ順序だてて並べていった。鬢《びん》付け油の匂いがぷうんと部屋に漂った。

「花魁、菖蒲の月には立兵庫《たてひょうご》がよござんすよ。凛々しくて涼しげで、花魁にはぴったりだ。そうじゃあござんせんか」

遣り手がそれとなく誘導して男髪結いの顔色を窺うと、

「それがよござんす。太夫、それでいきやしょう」と、あっさり決まってしまった。

太夫の髪が仕上がると、もう髪結いの後ろには、着付け係の若い衆が衣裳入れを抱えて控えていた。

その素早い着付けの技は見事で、太夫の体を二、三回くるくると回しただけで出来あがってしまった。太夫は既に無抵抗な人形同様で為《な》すがままだった。二枚重ねの小袖の上に薄い紗《しゃ》のような打ち掛けをふんわりと掛けると、峯婆さんは手を叩いて褒めちぎった。

「さすが高尾太夫！　これ以上の絵姿は見たことありません。上出来。上出来」

男髪結いも着付け係も世辞抜きで頷き、満足そうに高尾の立ち姿を眺めやった。

高尾だけが浮かぬ表情で有らぬ方を見詰めていた。

（九）

京町一丁目の仲の丁表通りに面した三浦屋の惣まがきは、紅殻塗りの太い格子で、いかにも大見世の構えである。見世の前には三挺の駕籠《かご》が用意されていた。駕籠かきがちらほらと屯《たむろ》して待ちあぐねている様子に見えた。

　午《うま》の刻を過ぎ、遊女達が申《さる》の刻の見世開きの為に、よいしょと、もろ肌脱ぎになり鏡に向かって化粧を始めたり、互いの髷を直し合ったりしている時刻だった。いつもなら内所の親爺や内儀が長火鉢の前に厳しい目付きで構え、厨房を見渡しては番頭や丁稚、小女に色々と用事を指示して油断のならない時刻であったにも拘わらず、不思議に二人の姿が何処《どこ》にも見えない。新造の白菊は首を傾げつつも、同輩の遊女達と慌ただしく見世開きの仕度をしていた。

　侍を乗せた二挺の駕籠が三浦屋の前で停まると、待ちかねたように筆頭番頭が出迎え鄭重な挨拶をした。すると再び侍を乗せた二挺の駕籠は遊郭を出て、土手下へ消えて行った。

「舟遊びの手配が整ったそうです」

　若い番頭が駆け上がってきて遣り手の峯さんに伝達した。

「それじゃあ、そろそろ出掛けましょうか」峯さんが言いかけると「小鈴が未だ来ません。小鈴を呼んでください」と、高尾は遮った。

「カムロも白菊姐さんも筆頭番頭とご一緒に先発で出られましたので」

伝達係の若い番頭は素早《すばや》く答えて、額に片手を当てた。

（十）

高尾は夢を思い出した。とうとうあの掴み所のない雲海へ抛《ほう》り出されたのではないか……。でも小鈴と白菊さえ居てくれたら……と言う一縷《る》の望みも微かにあった。

「さ！　やっとくれ。急げば直ぐに追いつくさ」

峯婆さんの合図で若手の番頭がもう一人駆け上がってくると間髪を入れずに軽々と二人で高尾を抱き上げ階下へ運んだ。遊女数人が何事かと見咎めて階段の際へすりよったが、あ！　と言う間に駕籠へ手早く乗せ込んでしまった。一挺目の駕籠に高尾太夫、二挺目の駕籠に峯婆さんが乗り込み、三挺目の駕籠に番頭新造が乗り込んで出立した。先頭で露払いをするのは太鼓持ちだが、そろそろ清掻《すがが》きが始まる時刻でもあったので、大門を潜る客足が増え始めた。物見高い様子で廓の格子を覗き込む着流し姿の男衆、大きな荷物を背負った冷やかし半分の旅人、丁稚風情の小僧、「卵。卵。たまごは如何」と売り歩く物売り、等が三浦屋を出立した三挺の駕籠を見逃す筈がなかった。

「わっ」と歓声を上げて駕籠を取り巻き、進路を塞いでしまった。かつてに簾《すだれ》を持ち上げて「花魁だ。高尾太夫だ」と騒ぐ者まで現れる。太鼓持ちが扇を掲げ「道を空けてください！　どうぞ！」と、腰を屈めても観衆には全く通じない。すると背後から走ってきた体の大きな番頭が「どけ！　どけ！　殴るぞ！　どけ！」と絡みつく者を実際蹴飛ばしながら怒鳴ったので、やっと進路が開けた。すわ急げ！　と走り出した駕籠かき。遅れじと太鼓持ちや番頭が走り、番頭見習いの丁稚《でっち》までが走った。大門を出て土手下の船宿まで八丁ほどだが（一丁は一〇九メートル強）駕籠かきも揺すられる者も走った番頭達もぜいぜい息を切らして倒れ込むように船宿に着いた。見送りの遣り手や新造、丁稚は「お目出とうございます」と、高尾太夫に挨拶をした。そして、それぞれ帰途に就いた。

遣り手や新造が去って行く姿を眺めて、高尾は、もう逃れられない所に自分が置かれたのを悟った。

あの方に逢いたい。もう一度だけ権三郎さまに逢えたなら、この世の未練は捨てようと思い詰めた。

（十一）

船宿では、船頭の親方から女将《おかみ》、数人の家臣、関取二人が賑々しく出迎えてくれた。

宿の前の大川には猪牙舟《ちょき》と呼ぶ二人乗りの小舟が数多《あまた》往き交《か》っていたが、その中でも人目を惹く凝った庇《ひさし》に、極彩色の簾を下げた屋形船が一艘、人待ち顔に波に揺られていた。

船に高尾太夫が乗り込むと、既に伊達の太守《たいしゅ》は酒盛りの最中であり、かなりの酔眼で上機嫌であった。

まず同行の太鼓持ちと筆頭番頭が仰々《ぎょうぎょう》しい身振りで平伏し、この度の目出度い取引の御礼と伊達家の幾久しい弥栄《いやさか》を寿《ことほ》ぐ口上を述べた。

「まず一献」と若殿が盃を差し出せば、近習の家臣が太鼓持ちと番頭に順次酒を注いで廻った。

「高尾よ。早くこちらへ参れ。挨拶は抜きじゃ」

若殿は待ち切れない様子で手招きをした。高尾が浮かない表情のまま太守の傍へ少しだけ寄ると、

「今更遠慮でもあるまい。もっと寄れ」じれったそうに高尾を引き寄せて抱きすくめた。

「さあ酒を呑め。呑め。高尾は酒に強いおなごぞ」

自らが呑み乾した盃を高尾に差し出せば、近習の家臣がすかさず酒を満たした。

「殿。お願いの儀がござります」

高尾は殿の膝から転げるように逃れ出ると、両手をつき平伏した。緊張のあまりに高尾の顔面は蒼白となった。

それを素早く察知した太鼓持ちが仰々しい身振りで立ち上がり「それ！　目出たやなあ、目出たやなあ」と踊り出した。遅れじと筆頭番頭も藍の手拭いを肩に掛け、粋な手捌《てさば》き足捌きで踊り出した。空気を読んだ家臣の一人が船尾から袱紗《ふくさ》に包んだ殿の三味線を運んできて「高尾殿、一曲御願い申す」と頭を下げた。その時である。太守が口を開き「願い事とは何だ？　事と次第によっては聞いてとらすぞ」と、盃を膳に置き、きりっと改まった表情で声高に言った。

太鼓持ちも筆頭番頭も踊りの最中であったが「ありゃあ！」と叫んで、へなへなとその場へ崩れてしまった。

「この度は、わちきのような下賤な者に身に余るような御申し出を頂き恐れ入ってございます。ただ、わちきのような遊女にも年季明けと言う決まりがございまして、皆それを楽しみに奉公するのでございます。わちきは数え八歳で吉原へ入り今年で二十歳。古里の母や弟にも一目会いとうございます。御屋敷へ上がる前に古里へ帰してくださいませ。この通りでございます。この通りでございます」

息も絶え絶えの細い声で高尾は必死で何度も頭を下げた。

「はっはっはっ」と、太守は真っ赤な面相になって笑った。

「余の眼《まなこ》が節穴と見えるか？　はっはっ」と、再び笑った。

「そなたの身請けには二十貫余の黄金が掛かって居る。それでも古里へ帰ると申すか！」

そう言い放った時、太守の面相は一瞬にして青黒く淀み、わなわなと震え出した体は青銅鬼が今にも破壊するのを予告していた。身請けの額を聞いて高尾も身も心も震えた。二十貫！　それでも側室に成りたいとは思わない。もし神仏に慈悲のお情けあらば、一目あの方に逢ってから死にたい。

「謝ってくれろ！　太夫よ。謝ってくれ！」

太鼓持ちと筆頭番頭が泣き叫ぶように懇願したが、既に遅かった。太守は刀の柄を握りしめ仁王立ちになって高尾を睨み据えた。二人の関取が「あっ！」と叫んで背後から太守の体を押さえ、家臣の一人が「殿、御止め下され」と、殿の刀を取り上げようとしたが、太守は気が狂ったように正宗の名刀を振り回すので危険極まりなく「貴殿。貴殿。そちらから、いやこちらから」と騒いでいるうちに、殿は隙をみて高尾の首に刃を降り下ろした。血しぶきが高尾の打ち掛けを真っ赤に染めた。

天を仰いで高尾が絶句する瞬間、夕焼けの空に光が走った。若く美しい月代《さかやき》の侍。

涼しい目もと！　両の腕《かいな》を広げている。ああっ！　権三郎さまだ！　権三郎さまだ！

高尾は倒れこむように恋人の胸にしがみついた。


船内の驚愕と動揺は凄まじいものであった。太鼓持ちは気絶してしまい、番頭はぶるぶる震えて口を開いたまま。若殿までが仰《の》け反《ぞ》ってわなわな震えていた。

侍の一人が気を取り直し「舟を着けよ。船頭！　舟を！」と叫ぶと、関取二人も「船宿は何処《どこ》だ！　船宿へ着けろ！」と叫んだ。

往き交う舟の船頭達や乗り合い客が、その騒がしい屋形船に気付かないはずがなく、怪しみながら通り過ぎて行った。大川も三叉川《みつまた》（箱崎の辺り）に差し掛かり、伊達藩の下屋敷も間近まで来ていた。

殺害された花魁高尾の亡骸は（高尾考の一挿話によると）二人の関取によって陸路を大八車で運ばれ土手の線香畑に到着し、道哲が埋葬し導師として回向した。

この噂は四方に飛んで抑えようも無く、幕府の耳に入ってしまった。無類の遊蕩児として綱宗の追い落としを目論《もくろ》んでいた逆臣も、伊達藩取り潰しの報には驚愕狼狽の結果、奸臣、忠臣共に力を合わせ伊達藩存続の為に猛烈な工作を展開した。綱宗の八人の側室の中でも唯一士族の出身であった三沢初子《はつ》の一子綱村《つなむら》を立てて奔走、その言《ごん》上《じょう》が功を奏し二歳の亀《かめ》千代の家督が認められたが、その裏工作の一環として高尾惨殺の件は闇に葬られた。

高尾は生存して居り、仙台高尾となって綱宗の側室に入ったと言う筋書きである。椙原《すぎのはら》しな（品）が士族出身の高級遊女であった為に選ばれ、塩原高尾（アキ）が惨殺された旧暦五月の同じ日付で仙台高尾となる。

萬治三年七月（一六六〇）幕府の出した逼塞《ひっそく》命令で二十一歳の綱宗は任を解かれた為、椙原品は隠居綱宗の側室として忠勤に勤め、七十八歳で死去した。（墓は仙台市内の仏眼寺にある）

塩原高尾の恋人島田権三郎は萬治三年十二月二十五日死去と西方寺《さいほうじ》過去帳ノートに記載があり、高尾も同じ日付になっている。幾星霜を経た古い高尾の墓にも同じ命日が彫られていた。毎年の施餓鬼には永代供養の読経が為される。恐らくこれには、三浦屋が関与していたに違いない。熱烈な恋人であった二人に対する哀切の情、三浦屋の悔恨の情が籠っていたと思われる。もう一筆加筆したいのは修行僧道哲が生前に線香畑の寺院建立の願文《がんもん》を智恩院に起請《きしょう》していたと言う事を智恩院の長老であった(故)住職から聞き及んだ事である。

高尾惨殺の唯一の生き証人である島田権三郎を伊達藩が生かしておくはずが無かった。寺院建立の願文を起請していた彼も、高尾を追うように萬治三年十二月二十五日に消されてしまったと見るべきである。(徳川の直参旗本島田家の系図にも、この辺りを修正、苦心した痕跡が残っている)

参考文献

『江戸吉原図聚』三谷一馬（中公文庫）一九九二年版
『遊女―その歴史と哀歓』北小路健（人物往来社）一九六四年版
『吉原艶史』北村長吉（新人物往来社）一九八六年版
『徳川実紀』及び『群書類従』（群書類従完成会）一九七九年版
『燕石十種』「高尾考」（中央公論）一九七九年版
『仙台藩伊達家の女たち』安部宗男（宝文堂）一九八七年版
その他関連寺院発行のパンフレット数種類参照

黒猫

（一）

近所にセルビア出身の猫好きの小母さんが住んでいる。彼女の夫は大手企業の社員だったが、会社がセルビアへ出張所を構えた際に所長として赴任し、その折に彼女と知り合って結婚した。その数年後、地球を半周して（セルビアは日本の裏側辺りになるそうだ）彼女を連れて日本へ帰って来た。その翌年娘のマリアも生まれ幸せの絶頂の時に彼は亡くなってしまった。全く突然一夜にして急死してしまった。（過労死だったのか？）それ以来ミリアナ小母さんは幼い娘のマリアを抱えて暮らしてきた。近所の色々な町工場などで女工をしたり、やっと入れた保育所へのマリアの送迎で忙しい日々を送っていたが……元来、彼女には超猫好きと言う癖がある。野良猫を見ると放っておけない。特に痩せて惨めに見える猫は拾ってきて自宅の古家へ保護するから数年間で十匹以上になってしまった。

彼女が留守の間に風呂場の窓から猫が出這《では》入りして近所の軒先に糞を落としたとか、自分が食べるのに精一杯《せいいっぱい》なのに野良猫の世話までやるなんて神経がどうかしてるとか顰蹙《ひんしゅく》を買い、褒める人は少ない。

しかし彼女は負けていない。鼻の先で嗤《わら》って大手を振って行動するから、碧《あお》い瞳の大柄太めの彼女は界隈ではチョットした有名人でもあった。

飛鳥山《あすかやま》公園には恐らく二十数匹の野良猫が居て何処かの老人夫婦が毎日自転車に餌を積んでやってくるとか、王子駅に近い石神井《しゃくじい》川の橋桁の下でホームレスの男が黒猫を飼っていたとか猫の情報には事欠かない。

また猫が交尾したら、その一ヵ月後には出産するとか、数匹産まれた仔猫が各々模様が違うのは、異なるオスが数匹かかったからであり、メス猫は歳をとるにつれ一匹、ないし二匹ぐらいしか産まなくなる等々。

小母さんが言うにはセルビアでは黒猫は大変縁起が良いのだそうである。朝の散歩や通勤の途中で黒猫に出逢うと、きっと今日は好い事があるに違いない……と、わくわく嬉しくなってくると言うのだが、響子《きょうこ》は子供の頃から動物が苦手だったので、あまり本気には聞いていなかった。もっとも響子は幼い時に流行したポリオに感染して（一九三五年……昭和十年代から数年流行し一般的には小児マヒと言われた）脚が弱かった上に七歳の頃大きな柴犬に噛み付かれた事があったからその影響が多分にあったのは否めないが、成人してからも犬猫は勿論の事動物全般の臭いが嫌いになった。特に黒猫は目が光って怖い。それでミリアナ小母さんの家に猫が増える度に足が遠のくわけなのだが、小母さんの方は何かと用事をみつけて五軒離れた同じ古家の大西家を訪れる。大西家には響子の他に年老いた両親が居たが、ミリアナ小母さんは時には自分の実家へ立ち寄った風な気楽な物言いで喋りまくり食べたり飲んだりしていく。響子の父親は胃癌の手術を終え一年ほど寝たり起きたりの療養生活を送っていたが、結構ミリアナのお喋りを楽しんでいるようにも見え彼女が時たま置いていく珍しい洋菓子を子供のように喜んで枕元に飾っては、こっそり味わっているようだった。

（二）

第二次大戦後は傷痍軍人も含めて身体障碍者が増加した為か日本でも障碍者雇用促進法などと言う法律が出来たけれども、大西響子が若い頃にはそんな法律は機能せず、一般的にもそんな概念は皆無だった。何にせよ健康体の一般の人でさえが良い仕事にありつく事が困難な時代だったから、ましてや脚の不自由な響子が良い就職先に恵まれることはなかった。

昔から脚の不自由な者は居職《いじょく》と言って和裁をやる者が多かったが、周囲からどんなに勧められても響子はそれを嫌った。運針がとことん下手なのと座ったきりの人生が如何にも辛いものに思われたからだった。母の機転で珠算塾へ通うようになり簿記も少し学んで、響子は定時制高校を卒業すると自発的に職安通いを始めた。零細企業の会社を紹介されては二、三勤めたけれども数年勤務すると潰れてしまうのが難点だった。

そして四度目に紹介されたのが七宝工業協同組合という職場だった。結成されてから未だ一、二年足らずの組合で日は浅いが大小の差こそあれ五十数社が加盟しているから前途は有望である……と言う職安の人の好意的な説明で、やっと響子にもチャンスが訪れたような気持ちになり弾む足取りで帰宅した。

昭和三十四年（一九五九年）は、猫好きのミリアナ小母さんがマリアを産んだ年だったが、日本の皇太子殿下も御成婚の儀を迎えたし、来る三十九年には日本でオリンピックが開催されると言う湧きたつような時代が目の前に迫っていたから響子も遅すぎた二十七歳の春に大いに希望を抱いた。

（三）

当時七宝工業協同組合には事務所が無かった。小規模でも建てた方が長期的には有利だという意見や、安直に事務室を借りて始めれば良いという意見が交錯していたので、決断を延期した会長は自宅を仮事務所にして発足した。会計責任者は一年毎の交替と決定した。

まず最初は会長が会計を兼任することになり、響子の初仕事は浅草蔵前の会長宅から始まった。玄関先の畳の部屋をこえると、もうそこは仕事場だった。四十代の働き盛りの会長夫婦の他に四人の男性従業員が働いていた。洗濯機ほどの電気炉が中央に据えてあるのが見え、鼻にツンとくる薬品の臭いが漂っていたがこの臭いは銅版を磨く塩酸や希硫酸の臭いだそうである。

奥さんに案内されて二階の座敷へ上がると大きな樫《かし》の座卓が八畳間に置かれ、美しい絵柄の茶器が用意してあった。会長から事務の内容や流れについて説明があり、月末までに組合員が仕入れた材料代が各社から届くからそれを仕分けして各組合員に請求し集金する。要するに組合が各材料店に支払いを保証して一括して支払う代わりに、見返りにその何パーセントかを組合に還元する事が盟約で定められていた。

「急激な材料代の値上げや不当な単価の競争など、組合があれば或る程度阻止出来るからね」

と、会長は言葉を添えた。角ばった頑固そうな顔立ちだが、細い目には生真面目そうな粘りと穏やかな優しさが感じられて、響子は安堵する心地だった。傍らで茶を注ぐ奥さんは北海道出身との事で色白な方だ。茶請けに出された鮭や白菜の石狩漬けは未経験の美味しさだったので響子は思わず感嘆の声を上げた。

「まぁそんなにお気に入りましたか。郷里から樽漬《たるづ》けで送ってきましたからお土産《みやげ》に持たせてあげますよ」奥さんは気安くそう言うと階下へ降りていった。

月末が近づき、銅板を扱う会社や釉薬《ゆうやく》を扱う会社、電気炉で焼き付ける際に必要な棚になる金網の専門店、薬品や小物の道具類を扱う商店、等から請求書が集中的に送られてきた。それらを響子は家庭へ持ち帰って計算しても良いし、会長宅の二階座敷で執務しても良いという話になった。要するに毎日出勤する必要はないが、毎月一回の定例会には決まった会場へ組合員が全員集合する事になっているので、その折に個別の集金を執り行う手順である。百パーセント近い集金が出来れば上々との説明に、その日が最も重大な日であることを響子は経験上理解することが出来た。

昭和三十九年には日本初のオリンピックもあった。響子はテレビを買えるほどの給料取りではなかったが、しかし少しの不満を覚えることもなく、仕事が楽しくて会長宅の一年は瞬く間に過ぎた。

（四）

二年目の会計責任者は元ラーメン店を経営していた生粋の下町育ちの人で西町に住んでいた。西町は御徒町《おかちまち》に近く当時は小さな家々がぎっしり居並んでいた。

「自宅を改造してラーメン店をやったわけよ。家族総出でね。（奥さんを指して同意を求めながら）あの頃は婆ちゃんも居たし女房の身内も居たからな。ところが一杯二杯の出前が多くて驚いた。古い町だからお馴染みさんばかりで断り切れねぇし、店も手狭だから出前を嫌がったら売上も伸びねぇしな。もう家族総出で頑張ったよ。その揚げ句が皆へとへと……とうとう店仕舞となったわけよ。そんなわけで転業したのが七宝焼きですからね。まぁ宜しくお願いしますよ」これは響子が初めて村野七宝へ挨拶に伺った時の社長の言葉である。

その社長から月末近く電話が有り、帳簿打合わせは仕事が終わった頃来て欲しいという事だったので、響子は夕方六時頃を見計らって御徒町駅で下車し春日《かすが》通りを歩いていると、人通りも半端ではない路上から様々な食欲をそそる匂いが漂ってくる。こんな時間で本当に良かったのかな？　と疑問を感じつつ村野家へ到着し、玄関を開けると途端に餃子の匂いが鼻を突いた。

「やぁいらっしゃい。丁度良かった。皆で餃子を喰うところだから仲間に入って一緒にやりましょう。さぁさぁ膳を囲んで」

村野社長の顔を見ると既に紅潮して酒の匂いも漂っている。

「でもお仕事は？　書類だけでも先に頂いて……」

響子が手を差し出して催促すると、

「後で。後で。充分時間は有ります。腹が減っては戦は出来ませんよ。さあ。さあ」

という具合なので、一応大きな円形の卓袱台《ちゃぶだい》の間へ割り込んだ。割り込んだと言うのは、既にそこには二人の子供（中学一年生ぐらいの男の子と小学校三、四年生ぐらいの女の子）が座っていたし、奥さんの弟と名乗る頑丈そうな小肥りの若者も座っていたからである。

「お母ちゃん用意は好《い》いですか？　皆揃いましたよ」

弾む声で社長は言った。顔の造作が総て柔らかい感じの朗らかそうな人である。

「はい。はい。一丁上がりです」

大皿に十数個載せた餃子から熱そうな湯気が噴いているのを奥さんが厨房から運んできて夫の前に置くと社長は一瞬真剣そのものの表情になって小皿に三個ずつ並べていった。

「お母ちゃん。総勢六人だから、もう一丁願います」

奥へ向けて再注文をすると途端に満足気に言った。

「うちの女房は餃子を作る名人で最高に旨いですよ。さあ。熱いうちにどうぞ。ラー油と酢をお忘れなく」

二回目の餃子も素早く到着し皆が舌鼓を打っていると、セーター姿に黒エプロンの小柄で闊達そうな奥さんが改めて響子に向かって挨拶らしい言い方をした。

「家《うち》は、いつもこんな調子よ。悪しからずお願いね」

食事会が終わり卓袱台の上が綺麗になって家族が皆二階へ消えてしまうと、ご酩酊《めいてい》の村野社長は、おもむろに戸棚から帳簿類や到着済みの各社からの請求書を並べ出した。酔った物言いの割には会計係としての自覚は確かなようで、打合わせは一時間ほどで終了した。

響子は帰宅の途についたが、まるっきり明けっぴろげの村野社長が面白くも可笑しくもあり、賑々しい家族の団欒《だんらん》風景が列車に乗ってからも車窓に見えるようだった。

そんな風景は響子の子供時分の想い出の中にも眠っていた。太平洋戦争が始まる前の穏やかな時代の大西家。若い父母が居て戦死した兄が居て嫁いだ二人の姉があどけない可愛い顔で何か喋っていた。（懐かしいなぁ。家族って好いなぁ）少し混雑が緩んできた車窓に凭れて響子はそんな事も考えたりした。

それからの一年も大したトラブルもなく無事に過ぎた。村野七宝では餃子を食べた部屋が、あっと言う間に仕事部屋にもなり客間にもなると言う早変わり舞台を演じていたので諸道具が壁際に押し込められ所狭しの感があったが、材料の仕入れ額ではトップクラスに入っていた。主に徽章《きしょう》を扱っているようであったが夫婦の頑張りと奥さんの弟の頑張りは凄まじく、夜勤も厭《いと》わない家内工業の良さを発揮して売上を伸ばし、村野社長の顔は、いつも満足そうに綻《ほころ》んでいた。

（五）

昭和四十三年に入り響子の仕事も五年目を迎えた。会長宅を振り出しに四軒の会計役員の家庭を訪問し、何処《どこ》の事業所も家族が携《たずさ》わっているのが特徴的だったが、中でも主婦の役割が大きかった事が響子の人生の大きな教訓になった。いずれの家庭でも響子は差別待遇をされる事もなく好意的に受け入れられて執務する事ができた。自分自身が選択した職業に大いなる価値と自信を覚える日々でもあった。

無論障碍を意識して恋愛に飛び込む勇気は無かったが、追い追いと理想の男性像が響子の脳裏に薄ぼんやりとした影を宿し始めていた。相変らず左足を弱々しく引き摺って歩く小児マヒ特有の歩行は直すべくもなかったが、組合員の中には響子に縁談を持ち込んでくれる人も居たりして、それなりに女性として嬉しく、張りあいも感じられたりするようになった。

例年の総会では、依然として組合事務所設立の議題が立ち消えにはならなかったが、上野広小路から御徒町、浅草界隈にかけての春日通り、昭和通り、清洲橋《きよすばし》通り、蔵前橋通り等の下町一帯の目抜き通りに大変革が興《おこ》っていたので細かな家々は次々に売られ大規模なビル建設があちこちで始まっていた。その速度が想像以上に早かったので、未だ足場の固まらない組合にはレールに乗り切れない弱さ、もどかしさがあった。組合員の半数以上が小規模な家内工業であることも確かな事だったし、周囲の目抜き通りには着々と高速道路の建設さえも始まって街の景観が日々変わりつつあったから七宝焼きの将来、展望さえが摑みにくいものになっているように見えた。だが毎月の定例会には会場に八割から九割の組合員が出席し大盛況である。響子と毎年交替の会計係は二時間ほどの持ち時間の中で必死の集金を行い、集計に狂いが無い事を確認し安堵する。

昭和四十三年度の決算報告が総会で承認され、十年勤続者が二名表彰された後で、昭和四十四年度の会計役員を選出した。文京区の水道町にある石切七宝が指名され代理の山田さんという人が立って挨拶をした。その時響子は漠然と石切七宝の石切善次という社主の顔かたちを思い浮かべようとしたが浮かばなかった。ともかく短時間に数十人の材料代の金銭のやり取りをするのだから名前と顔が一致しないことも稀にはあったので、それほど気にもかけず次の議題に耳を傾けた。

（六）

地図を見ると、水道町の石切七宝を訪ねるには早稲田と南千住《みなみせんじゅ》を繋ぐ荒川線と呼ぶ都電が最適であったので、総会の翌月から響子は訪問の予定をたてた。

飛鳥山の桜の花が四分咲きか五分咲きに見え始めた四月の初頭、石切七宝の奥さんからも電話が入ったので響子は出発した。飛鳥山の電停から乗り込むと都電は滝野川《たきのがわ》一丁目から西ヶ原《にしがはら》へと町家の軒すれすれの住宅地を走って行く。新庚申塚《しんこうしんづか》で停車し、やっと広い道筋の中山道から続く白山《はくさん》通りへ出てほっとする間もなくその大通りを横切って又住宅地の中へ突き進んで行く。巣鴨新田《すがもしんでん》から大塚を通り池袋を通り雑司ヶ谷《ぞうしがや》へと向かって早稲田で終点となるコースと、春日通りを通って早稲田へ向かうコースと幾通りかの選択ができたが響子は飯田橋《いいだばし》職安の看板が見える春日通りコースを選んでいた。この職を与えてくれた優しい係の人の顔がちらちら浮かんで懐かしく、嬉しい気持ちに充たされるからであった。

水道町の辺りで江戸川が九十度近いカーブで曲がっている……と聞いた事はあった。都電もそれにならったカーブで線路が敷かれているので大曲りと呼ばれている……とも父親が話していたが、辺りの風景をゆっくり楽しんでいた響子は、突然体が斜めに大きく揺らぎ膝の上に置いてある手提げ袋の中のソロバンがカタカタと音をたてたので、びっくりして辺りを見回したほどだ。隣に座っている初老の着物姿の婦人の顔を見ると可笑《おか》しそうに笑っているので、（あぁこれが大曲りなのか）響子も気がついて、にんまりと笑った。そしてすぐ石切七宝の奥さんの言葉を思い出し、慌てて窓外を見ると目白通りに面して石切七宝工芸の看板が玄関脇に掲げてあった。

大曲り停留所で降りて付近を見ると彼方の方から道路に沿って太い円柱が点在して

いる。高速道路の工事が開始されていたのでその円柱に違いなかったが、追い追いこの町も変貌していくのだと響子にもじわじわと伝わってくるものがある。組合の役員がしばしばこの問題を取り上げて七宝焼き工芸の将来について論じているのを耳にしていたから尚更でもあった。

この辺りには図書を出版する書店が多く有名でもあったが、しかし様々な商店も建ち並んでいた。酒屋、八百屋、魚屋、豆腐屋から薬局、喫茶店など、あらゆる日常の顔が素顔のままで並び、人通りも絶えない賑やかな町筋が残っていた。その間に挟まれて格子戸の嵌《はま》った木造の二階家。戦後二十年余も経っていたから幾分古風な感じは否めないが、頑丈そうな立派な造作の石切家があった。

呼び鈴を押すと「待ってました」と言う早さで応答があり玄関の式台にころころ転がるような感じで現れたのは、着物姿に黒いエプロン、中背小太りの奥さん。餅肌のふっくらとした円形の顔、驚いたような大きな丸い目が印象的で見るからに人の好さそうな感じがある。

「組合の事務員で大西響子ですが宜しく……」

そう名乗って俯いて、お辞儀をしかけて驚いた。俯いた途端、眼前の奥さんの足元に真に巨大な肥った猫が居たからである。つやつやした毛並み。鋭い目付きの大猫（うーん）と響子は心中で唸った。（しかも黒猫だ！）

心の動揺を見せまいと努力しつつ「猫ちゃんですね」「猫ちゃんが居るんですね」と、涼しげな抑揚《よくよう》で言ってみた。

「お嫌いですか？」すかさず奥さんが訊ねた。

「嫌いと言うほどではないのですが元来臆病でして……」

「この猫は見かけによらず優しい性格ですよ。それとも動物アレルギーがおありですか？」

「いいえ。アレルギーはありませんが、ともかく動物に臆病でして……」

「それなら大丈夫ですよ。優しい仔ですから直ぐ馴れます。さあどうぞ。どうぞ」

奥さんは肥った猫を軽々と抱くと、素早い足付きで廊下を早歩きしていく。

響子の方は薄氷でも踏むような足付きで付いて行ったが心中ももやもやしたものは中々消えなかった。

(ここまで来て辞めるわけにはいかない。たかが黒猫に負けて引き返すわけにはいかない) 響子は心の中で何度も反芻《はんすう》した。

廊下の突き当たりが仕事場で、ガラリと板戸を開けると奥さんは言った。

「皆さん。組合の事務員さんで大西さんです。宜しくお願いします。あぁ山田さんは初対面ではなかった」

振り向いて響子に笑いかけながら奥さんは山田さんを指差した。彼は仕事場の中央で中型洗濯機ほどの電気炉の蓋を開け、焼き付けの具合を検べている様子であったがチラリと目を上げて響子に軽い会釈をした。白髪混じりの初老の人で、確かに組合の例会で響子は何度か彼に会っていた。

「これが私の仕事でしてね。毎日餅つき気分で叩いたり突いたりしているんですよ」

奥さんは仕事台の上に並んでいた乳鉢と呼ぶ椀のような容器の上でトントンと突っつく仕草をして見せた。

中を覗くと大小入り混じった桃色のガラス片が入っていた。その隣の乳鉢には黄色、もう一つ隣には緑色のガラス片と言う具合で、既に粉末になった釉薬も混じっていた。傍に短い摺りこぎ様の乳棒が置かれてある。（これで突くのだろう）そう思い乍ら響子が奥さんの腕の中を見ると、既に黒猫は居なかった。

「こちらが田辺さんです。彼は素敵なブローチやイヤリングを作る名人ですから、そのうちに大西さんも作って貰うと良いですよ」

体の大きな浅黒い顔のその人は台に向かってあぐら座りをしていたが、恥ずかしそうに頬を赤く染めて黙ったまま仕事を続けていた。

「こちらが木村君と磯部君。亡くなった父の里の秋田出身です。中学を卒業して去年の春うちへ就職してくれました。まだ見習い中で住み込みです」

二人の少年はお揃いの藍染めの手拭いをバンダナ風に頭に巻いていた。一人の少年は洗面器に向かって細かに砕いた釉薬を念入りに水洗いしていたが、もう一人は型に刳《く》り抜いた大量の銅板の胎《たい》を前にして、薬品をつけながら布で丁寧に一々磨いていた。

「ピカピカになるまで磨いておけば色が良く載るんですよ。そうそう。ピカピカね」

奥さんは少年の肩を軽く叩いて褒める事も忘れない。

仕事場の隣が座敷になっていたのでそこで各社の請求書を預かり帳簿の打合わせは、できるだけ簡単に済ませた。黒猫が又どこからか現れて奥さんの膝に乗ったり降りたり始めたし、響子のスカート近くへ擦り寄って臭いを嗅いだり前足でチョッカイを出したり始めたので、もう落ち着いては居られなかった。勧められた茶菓にも手を付けず早々にその日は退出してきた。

（七）

路地裏にたった一本残っている貧弱な桜も葉桜となり爽やかな風を厨房の窓から送り込んでくる。

五月も初旬の日曜日の朝、響子はパジャマ姿のまま遅めの朝食を終え母とコーヒーを啜っていた。

玄関先に高っ調子な溌剌《はつらつ》たる声で訪問客である。

「ハーイ。オハヨウ。ミリアナです」

響子の母親が玄関のガラス引き戸を開けると、

「高級なワインを頂いたから響子と一緒に呑みたいと思います。響子居るでしょう？」

見るとミリアナは自慢そうに綺麗な包装紙に包んだワインを高々と掲げて如何《いか》にも

嬉しそうに笑っている。ベージュ色のガウンを無造作に着込んで素っぴんの顔、今起きたばかりの感じである。

「さぁさぁお上がりなさい。食事が終わったばかりだけど良かったら此処《ここ》へ」

母親の絹江が空いた席を勧めると、彼女は座った途端に「持ってくるの忘れた。栓抜き有る？」と訊ねる。

「今呑むつもり？　まさか！」響子は驚いた振りをする。

「今だよ。今しか無い。今夜は仕事が有る」

「あら？　夜も仕事ですか？」今度は絹江が驚いた。

「そうだよ。もう四週間以上働いている。マリアも大きくなったたし、週に四日ナイトクラブで勤務してる」

「それじゃあマリアちゃんが可哀そう過ぎる。何とかならないの？　ナイトクラブでは夜が遅いでしょうに……」

絹江は嘆息した。そして思い出した。一週間程前の夕刻マリアが自宅の玄関前に佇《たたず》んでいたが少々寂しそうにも見え、途方にくれているようにも見えた事だった。「夕飯食べたの？」絹江はいつも聞く事にしている。マリアは頷いたが浮かない顔にも見えたのである。

「ワインのおつまみにチーズとピーナッツぐらいしか無いけど良いの？」絹江が直ぐに機転を利かせて訊ねた。

「それだけ有れば上等よ。ママさん」

嬉しそうにミリアナが答えた時、咳払いと共に隣の部屋から父親の声が聞こえてきた。

「僕の食事は未だですか？　お母さん」

「今お粥を炊いているところだけど、もう直ぐ出来ます。あと五分待って！」

「しまった！　お父さんの食事これからだったのか。響子。（耳の傍で囁いた）うちへ来てワインを呑まない？」

「ええっ！　猫だらけの中で呑むの？　とんでもない事です。マリアちゃんもいるし、有り得ない事です！」

「シー。(唇に一本指を当て)声が高い。それでは此処で宴会を開くとするか。へへへ。参ったなあ」

「お粥が出来ましたよ。お父さん。今お持ちします」

「あっ。お母さん。それ私に運ばせてください。お願い」

盆の上には、粥の土鍋とスプーン、梅干し、鱈子《たらこ》の甘煮が載っていた。

「うわっ旨そうだ。お父さんお待たせしました」

襖を開けて父親の枕元へ盆を置き、めっきり白髪も増え頬もこけてしまった大西家の主の上半身を抱き起した。「いや。有難う。ミリアナはいつも元気だね」

「お父さんこそ元気。元気。ガンバッテね」

茶目っ気たっぷりに父親にウインクをして見せ彼女は厨房へ戻ってきた。

「響子。今度勤めた会社に恐ろしい熊のような、化け猫のような黒猫が居たんだって？

怖ろしいね。お気の毒に」

「誰がそんな事を！　大袈裟な！　誰が？　ああ判った。お母さんでしょう。あれほど言うなと約束したのに」

「だって響子。目出度い事だから言っても良いのよ」

「何が目出度いの？　黒猫に噛み付かれたら目出度い？」

「違うよ。聞けば幾つも縁談があったと言う事だし」

「ははは。嘘。嘘。」

「黒猫が目出度いのは嘘じゃないよ。まあいい。呑もう。響子は氷を沢山入れなさい。そう酔わないから。ところでわたしはナイトクラブで七宝焼きの工芸家と知り合って色々な知識を得たね。彼は大きな作品を手掛けていて時々個展をやるらしい。作品の写真も見たよ。美しい！　あれは芸術だ！　私も次に招待される」

「それはそれは……。芸術的な制作をする工芸家というわけでしょう。うちの組合は、もっと実用的な七宝を作っているのです。徽章とかブローチとか」

「でも響子。折角七宝工芸に携わったからには、もっと七宝業界の事を知らなかったら駄目だよ。今では、きっと響子より私のほうが沢山知っているかもしれない。答えてあげるから私に聞いてみな」

「またまた大袈裟な！」

「じゃあ聞くけどね。七宝とは何ぞや？　七つの宝だよ。七つ言ってみてください」

「ミリアナ小母さんの嫌味がいよいよ出ましたね」

「いいから言って！　一つだけヒントを与える。金」

「金。銀。ダイヤモンド。何千万円というダイヤモンドのアクセサリーが宝石店には飾ってあるからね」

「それは無し。腕の良い職人がカットして有名なデザイナーが制作すれば幾らでも高価になる。問題は原石だよ」

「るり。はり。しゃこ。赤真珠。めのう」

隣の部屋から少々しゃがれた声だが父親の落ち着き払った返事が聞こえた。

「へぇー。畏《おそ》れ入りです。お父さん。ご名答です。さすがに大したものだねぇ。この七つの宝物にも負けない美しい焼き物という意味で七宝と名づけられたそうです。私の受け売りは以上で終わり。ああ。草臥《くたび》れた」

「昔の仏典のあみだ経に載っているって話だ。若い人は知らないよ。無理もない」

と、父親は言った。

「うちの主人は戦前飾り物の小間物職人だったからね」

隣室から粥の盆を下げてきた絹江がミリアナの傍らを通りながら呟いたが、ふと真剣な表情で立ち止まった。

「ところでナイトクラブの話だけどマリアちゃんの夕食とか猫の世話はどうなっているの？」

「マリアの食事はバッチリです。朝食は七時までには済ませるし夕食は五時までに完了。うちの工場は帰宅が早い」

「猫よ。猫！」響子がヒステリックな言い方をした。

「それなんですよ。お母さん。それで少し困ってる。マリアに猫の餌やりとトイレの世話を頼んだら大声で泣くんですよ。小学校四年生にも成ったらセルビアでは何でもやる」

「遊びたい盛りだし、ママが夜居ないのは子供にはこたえますよ。何か良い方法はないのかね？」

絹江が腰を下ろし、溜息混じりに呟くと、開放したままの隣室で暫《しばら》く起き上がって厨房の話題に耳を傾けていた父親から声が掛かった。

「今はどんな餌をあげているんだい？」

「猫マンマですよ。残りものは何でもあげる。ご飯でもパンでもスープ、野菜、肉、魚、練り物。何でも細かく刻んで大皿に三つに分けてあげてる」

「この間新聞でチラッと見たが、アメリカでもヨーロッパでもペットを飼う家庭が増えたのでペット用のドライフードがどんどん開発されているらしいよ。近いうちに日本でもスーパーの店頭に並ぶ……なんて書いてあったな。今のところマリアには無理かも知れないから家《うち》のお母さんが暫く面倒を見てあげたらどうだ？」

「ええっ！」驚きの声をあげたのは娘の響子の方だった。

「そうね。これからはミリアナさんも収入が増えないと苦しくなるから……それしかないかも」と絹江。

「ええっ！　本当ですか？　ママ！　本当ですか！」

ミリアナの大きな碧い瞳に大粒の涙が浮かんだ。絹江の手を握り締めると、それが頬を流れた。

「マリアを呼んできます。ママ有難う。パパ有難う」

流れ出る涙を拭いもせずミリアナは玄関から自宅へ走っていった。

間もなくパジャマ姿のマリアの手を引いて彼女は現れた。

「さぁ。お礼のご挨拶をしてくるのよ」

母親の一言でマリアは、まず和室へ入った。

「小父ちゃん有難う」畳に頭を擦りつけお辞儀をした。

「大きくなったなぁ。お父さんにそっくりだ」

マリアは瞳の色も頭髪も濃い褐色の混血児だった。

「小母ちゃん。有難う」

マリアは絹江の手を握ると突然肩を震わせて泣いた。

（八）

石切七宝へ通うのも十数回に及んでいたが社長の善次氏に会ったことは一度も無かった。仕事場では二人の少年が黙々と基礎的な磨きや洗いに精を出していたし、田辺さんは一個一個の銅胎の上にピンセットや先を削った割箸状のものを使って釉薬を置いていく。奥さんの従兄妹だと言う山田さんは、八百度以上にもなる電気炉の前で真っ赤に火照《ほて》った顔で蓋の開閉を繰り返し、製品の焼き付け具合を確かめていた。

黒猫が太郎という名で奥さんが辰乃《たつの》という名であることも追い追い判ってきた。

響子が帳簿の付合わせをしている間は黒猫の太郎は辰乃さんの膝の上で目を細め寝入った振りをする。そして愛撫が欲しい時は、そっと辰乃さんの顔色を窺う。微かに首の鈴を鳴らすと反応した手が自然に愛撫を繰り返し、彼は喉を鳴らす。いたって平和な光景で響子も次第に馴れてはきたが、辰乃さんが仕事場へ一旦去ると彼は古箪笥《ふるだんす》の上に一っ気に跳躍する。使い古された昔のラジオに飛び付き環境は一変する。鋭い前足でガリガリ交互にラジオの古板を搔《か》き毟《むし》り、滓《かす》が四方に飛び散る。彼の首の鈴が激しく鳴る。中古品の出物だと言うテレビが箪笥の脇に置いてあるが全く無関心であり、畳を搔き毟る事も無かった。ただ満身創痍《そうい》のラジオを敵の如くに睨み、挑み続けていた。太郎の年齢は十六歳、体重は七・五キロということで確かに猫の中では重量級である。

或る日、奥さんが控えめな口調で「次回は日曜日に来て頂きたいのですが如何?」と響子に訊ねた。事務的には大体完了していたが各社の請求書が不揃いだったので、別に予定も入っていなかった響子は承諾した。五月は休日が多いので石切七宝でも三日間の連休を取り職人は総て里帰りの予定だと告げられた。

「その代わりに地方回りを終えた主人が日曜に帰って来ますのよ。その折に貴女にご紹介出来たらと思って」

「まぁそれは楽しみですね。是非お会いしたいです」

約束の日曜日の午後いつもの大曲りの都電の急カーブを楽しんで石切七宝のブザーを押すと、玄関先に奥さんはなかなか現れず黒猫太郎だけの出迎えである。見ると太郎の首の鈴が普段よりやや大きめで、その陰から細い鍵のような物がチラチラしている。

かなり待たされて現れた奥さんは珍しく化粧を施していた。厚化粧に見えた。

「さぁさぁ。こちらへ」

歩き方がいつもと違って艶っぽく見え、着物も派手になっている。余程ご主人の久し振りのご帰宅が嬉しいに違いない。

「貴女が大好物だと言うのでキンツバを買っておきましたよ。沢山召し上がれ。さぁさぁ」

玉露のお茶を啜り、粒餡《つぶあん》の大きなキンツバを二個も食べ、響子は一瞬仕事で訪問している事を忘れそうな気がした。

「とっても幸せな気分……です。ご馳走さま。今日は太郎君も綺麗な鈴を付けて貰って、オマケにキーのようなアクセサリーを下げ、ご機嫌ですね」

「えっ！　キーに見えますか？」奥さんの顔が曇った。

「はい。鈴の銀色と同じだから玩具のキーかと思ったりして。キーに見えてはまずいのですか？」

奥さんは沈黙し、数分考え込んでいた。

「辰乃！　帰ったぞ。居るのか！」

俄かに玄関の格子戸の開く音がして野太い男の声が響いた。

「あっ。主人です。もう駄目。間に合わない」

「どうしたんです？」

辰乃さんがふらふらと泳ぐような恰好で立ち上がったので響子は慌てて彼女の着物

の腰の辺りを押さえた。

「あの、あのぅ」「太郎の首のキーを外して下さい」

呻《うめ》く様《よう》に辰乃さんが言った。……「えっ！」

（猫に触った事もないのに）「無理。無理。奥さん」

「辰乃は居ないのか！」乱暴に怒鳴る声。ぎしぎしと廊下の床を踏む足音が聞こえた。

もう待ったなしだ。響子は決心した。自分でも驚くほどす早く太郎に圧《の》し掛かり（意外なほど太郎が従順だったので）鍵が外せた。信じ難い発見！　外した鍵を手提げ袋へ投げ込み、響子が座布団へ座り直した途端、襖が開き、大柄で、いかつい顔の男が現れた。

「返事ぐらいしろよ。おや？　お客さん」

「お帰りなさい。あなた、こちらが組合の事務員さんで大西さんですよ。お仕事を始める矢先でしたから」

「そんな事はどうでもいい。あれを用意したか？　用意出来ていれば直ぐ出発する」

「出来るわけが無いでしょうが！　そんな大金。帰った早々何をいうかと思えば！」

「だから銀行へ行けと言っただろうが！　印鑑を出せば俺が行く。キーは何処《どこ》だ」(箪笥の引出しをガタガタ揺する)

「キーは何処だ。もう時間が無い。あれほど言ったのにしらばっくれて！　俺を舐《な》めるとこうだ！」

(辰乃さんを蹴飛ばした)(黒猫太郎が箪笥の上へ飛んだ)

「今日か明日、生まれる。俺の子供が！　百万でいいから早く出せよ。このアマ！　金だよ。金」

「誰の子供か判るもんですか！　遊び女に騙されて！　鍵なんかとうに組合長さんに渡してありますよ」

世間知らずの響子にも総てが判ってきたが人生始まって以来のこんな場面で何が出

来ようか。呆気《あっけ》にとられたまま身動きも出来ない。

「この出来そこない！　詐欺女！　これでもか！」

たて続けに二度も妻の腰を蹴り、何思ったか彼女のウエーブの利いた頭髪を摑んだ。「止めて！」と叫んで辰乃さんは頭を押さえたが間に合わなかった。見ると彼女の頭部には全く毛が無い。坊主頭だった。その時、黒猫太郎が箪笥の上から物凄い勢いで大男に飛び掛かった。茶のスーツの後ろ襟に嚙みつき彼の背中を前足後ろ足で交互に引っ搔き回した。男は「ギャー」と叫んで猫をすっ飛ばし、妻の襟首を摑んで引き摺った。奥さんが殺される！「警察、警察を呼びます」舌がもつれたが初めて響子は叫んだ。手提げ袋を摑み足を引き摺って全力で玄関へと走った。表へ出るとまだ日が高く電車が走り、人が歩いていた。

「助けて！　殺人です。ケイサツを呼んで！」

肥った中年の紳士と若い細めの青年が足を止めてくれた。「僕は交番へ行きますか？」青年が走って行くと、中年の紳士は玄関の中を覗き、声を張り上げた。

「警察です。警察です。逮捕します」

＊

その直後の事が響子には判然としない。パトカーが目の前に止まって何か訊ねたような気がするし石切善次は恐らく裏手から逃げ出したに違いないし、鍵を辰乃さんに返さなければ事が終わらないはずなのだが、その部分が記憶から脱落してしまった。辰乃さんに訊ねてみたい事も山のようにあった。しかし、何よりもあの黒猫に無性に逢いたかった。けれども残念なことに再び逢う機会を失ってしまった。と、いうのはその一週間後組合長から電話があり、奥さんが夫と離婚して家屋を処分する決心をしたから次回から会計係を変更するという連絡である。

「あの猫ちゃんは今どうなって……」と言いかけて響子は止めた。

「猫がどうかしたの？」と、全く関心が無さそうな組合長の声に躓《つまず》いてしまったのだ。

「奥さんは郷里の秋田へ戻って旅館の女中さんをするそうだから石切七宝は解散する事になった。社員は全員うちへ移動して貰う。田辺君は君に逢いたがっていたから工場へ時々顔を出して下さいよ。新しい会計係が決まったら、また連絡する」

＊

昭和四十五年に入ってペットフードがスーパーで売り出されると響子の父親が早速言った。

「お母さんも大分疲れたようだから今度は響子がスーパーで餌だけ買ってきてあげなさい。ミリアナの玄関前へ置くだけでいい。後はマリアがやるし、お母さんも手伝う」

黒猫太郎の姿がまるでヒーローのように響子の瞳に焼き付いていたので、迷うことなく響子は引き受けた。数日後ミリアナからの青い封筒が厨房の窓から差し込まれた。猫餌の注文内容と一万円、それに走り書きの感想まで入っていた。

(やっぱりくろねこはえらい。たつのという人やっとじゆうになれた。よかったね)

或る青春の残像

（福島）松川事件を通して

（一）

仙台から荷が届いた。送り主を見ると、相川輝美《てるみ》となっている。数年前に結婚して安田から相川に姓が変わった友人の筆跡を懐かしく見詰め、早速包みを開いた。

仙台の笹かまぼこが行儀よく並んだパラフィン紙の上に手紙と可愛い坊やの写真が添えられている。まだ満一歳にみたない坊やの頬は、はち切れそうに肥えていて、健康優良児そのものである。笑った顔がご主人にそっくり。相川氏の仙台転勤で洋子と輝美は滅多に逢えなくなった。

「オメデトウ。でも貴女に似てなくても良いのよ。フフフ」

笹かまぼこを齧りながら夜学時代の輝美とのあれこれを思い浮かべた。足の不自由な洋子をいつも何気なく支えてくれた輝美。でも彼女は、それ以上の存在だったと思う。

焼けぼっ杭《くい》の街にぽつりぽつりと家が建ち始めた頃だ。学校への道すがら、ふと見上げると、昨日までバラックのように見えていた商店がマッチ箱にも似た四角いビルになっている。それまでは戦時中の防空壕が結構残っていたが住み着いていた家族も少しずつ何処《どこ》かへ去って行ったようで壕の出入口に洗面器やバケツを置き、土鍋や七厘《しちりん》コンロで煮炊きしたり壕の周囲に洗濯物を乾す風景もあまり見かけなくなっていた。

春日通りの七軒《しちけん》町寄りに道幅いっぱいに巨大爆弾の穴がぽっかりと大きな口を開けていたが、或る朝洋子が大通りへ出てみると、一面に黒ずんだアスファルトが敷きつめられていた。嬉しいという実感がなく不思議な実験を見せられたような感覚である。

洋子の兄は神風特攻隊の航空操縦士であった為に復員が遅かった。敗戦直後GHQのMPが元特攻隊員と知れると否応もなく連行する……という噂が隊に流れたので、元隊員達は直ぐ故郷へ帰ることを断念し、近郷の農家へ身を隠し農耕を手伝って時期が来るのを待っていたそうである。

昭和二十四年には洋子も中学三年生になり、兄も復員したので末っ子の弟を含め家族は七人になったが、空襲で家を失ってから父親に家を再建する資金も気力も無い。この頃既に松川事件が起こっていたのだが頓着する余裕が無かった。家族の住宅を見つけるほうが先決で、疎開したまま戻って来ない古ぼけた空家が一軒焼け残っているのを大家が困惑していると聞き知ったので、無理矢理取り敢えず家族で引っ越しさせてもらった。空襲中に担ぎ出した薄汚れの布団を再び押入れへ収納した。

洋子の兄は石川島工業学校在学中に志願兵として出征したので、さいわい石川島造船所へ就職する事が出来たが、困難を極めたのは洋子の父親だった。六十歳を過ぎていた為に就職口が見つからない。そこへ国鉄の上野駅の小使いさんの口なら有る……という情報が入った。喜んだのは母親のほうで毎晩夫を説得し攻め続けるが本人は拒み続けている。罷り間違っても町内の責任者であった人間が下働きには落ちたくないと言うのが本音のようで、これが連日の夫婦喧嘩の種になってしまった。

母親は八歳の時から年季奉公で叩き上げられた日本髪の結髪師《けっぱつし》だったが、戦後のパーマネントの流行には乗り遅れた人で、迷いや焦りがあり情緒不安定の様子だった。長女は復員兵と見合い結婚をし、次女が美容学校でパーマを習得する為に入学したので、洋子は夜学の高等学校へ通う決心をした。さいわい近くの七軒町に昔の府立第一高女が有り、夜学の歴史では先駆けていたのである。しかし、洋子の就職も父親同様困難を極めた。幼い頃小児麻痺（ポリオ）に罹ったので両足に後遺症がある。大手の商社にも何回か就活を試みたが無駄に終わり、結局知人の世話で神田市場内にある小会社の事務員として仕事を得た。

（二）

府立第一高女も白鷗《はくおう》高等学校と名称を改め、男女共学校となったが、夜間の定時制高校だけは女子校として存続する事になった。一クラス五十名以上で三クラスあり、一年生から四年生までの全校生徒数は六百名。この年の六月【朝鮮戦争】が起こったがともかく白鷗高校の第二期生として加山洋子と安田輝美は出逢い、同じクラスでスタートした。

洋子の職場は青果物の市場なので朝が早い。秋葉原駅に到着した貨物列車から新鮮な野菜や果物が下ろされると、脚下に拡がっている市場の広場へいち早く運びこまれる。午前五時には仲買人や果物業者、青物業者が下見に現れはじめる。七時、八時は競売の掛け声が飛び交い、市場は騒然とした活気に包まれる。

大八車を曳いて走り出す者、トラックに飛び乗って競り落とした荷を積み込む者、それぞれが素早い動作で眼前を横切る。事務員達は業者が持ち込む伝票を手早くソロバンで弾きだし金銭の遣り取りを行う。

そして午後二時には市場のほとんどの荷が売り捌かれ姿を消して、僅かなゴミが遊びを楽しむように宙を舞い静寂の世界へと戻っていく。

午後三時、事務の業務を終了。同じ事務所内に夜学生が四人いたがそれぞれの学校が異なるので帰る時間帯もそれぞれの思惑で違っている。洋子はノートを開いて少しだけ宿題をやり、市場前を通る都電に乗って広小路で乗り換え七軒町の学校へ向かう。

学校へ着いても安田輝美になかなか会えないのが不思議だったが、輝美は大手銀行の見習い給仕さんで業務が終了しないと帰して貰えない……銀行という所は一円でも違うと全行員がソロバンを弾き直して徹底的に原因を探し出すまで帰して貰えない……という事が次第に判ってきた。

それで輝美は、ほとんど毎日のように遅刻だった。二時限目の授業の中途ぐらいで現れたり、三時限目の授業の始まりに間にあったりで本人も口惜しい思いが消えないようだった。

同じクラスに岩村トメという生徒が居り、やはり大手銀行に勤めていたが、この人も年中遅刻をしていた。輝美と同じ銀行員であり同じ境遇で嘆いていた彼女は何かと輝美に話しかけていたが、輝美のほうは特段に興味が無いようで睦まじい付き合いは生まれなかった。

洋子は学校への道筋が短距離であった為に歩く速度が緩い割には遅刻もせず到着する事が可能であったが、その代わり三時限目の授業が始まる頃になると習慣的に睡魔に襲われた。睡魔に襲われる生徒は他にも数人は居て、見て見ぬ振りをしてくれる教師もあり、トントントンと万年筆の尻で机の角を叩いて通り過ぎる教師も居た。三時限目には英語の授業が組まれる事が多かったので、洋子は英語に苦手意識を持ちはじめていたが、輝美は三時限目の授業から出席するので英語と世界史は「まあまあよ」と、満更でもない様子。世界史は四時限目に組まれる事が多かったのだ。

或る日輝美が言った。その日は確か祝日で式典のみで学校が終わった。洋子の市場は五の日だけが休日で正月は二日から初荷の出初め式がある。日曜が休日の輝美と五

の日が休日の洋子とが共に行楽を楽しむ事は無理だったから、

「広小路に安くて旨い甘味処が有るの。行列よ。行こうよ」

と誘われた時は、嬉しくて嬉しくて、恋人からデートに誘われたような気分になった。

二人は腕を組んで歩いた。もっとも洋子の歩き方が鈍いので輝美が引っ張って引率するスタイルなのだが、輝美は洋子の呼吸、歩調のリズムを良く呑みこんで上手に歩いた。都電に乗って広小路で降り、春日通りの手前の角にある松坂屋を通りこして十軒目ぐらいの店舗がそれであった。

確かに十人ほどが列をなして歩道を塞いでいた。詰め襟の黒服、黒の学生帽を被った男子も幾人か交ざっている。ガラス戸越しに中を覗くと、やはり十人ほどの女性客が席を占め楽しそうに蜜豆やアイスクリームを食べている。

すぐに順番が来て中へ入ると、輝美がまた囁いた。

「ここの小豆アイスが人気なのよ」

目の前に置かれた皿を見ると成る程こんもりと大きな丸い山、小豆色に染まったアイスクリームに大粒の大納言が気前良く練り込んであった。思わず笑顔が零れる洋子を見て、輝美は「ほら……ネ。嘘じゃなかったでしょう」と言うように目配せをして同意を促した。

三十円を支払って、表へ出て、二人は又腕を組んで歩いた。「湯島天神まで散歩しようよ」と輝美が又提案したので、

「ええ。いいわよ。でもアンタ腕が痛くならない？　かなり赤いもの」

長時間腕を組むと輝美の肱《ひじ》から掌にかけて摩擦で赤くなる事を洋子は気付いていた。初夏のことでもあり輝美の短い袖から伸びている細めの腕が薄っすらと赤みを帯びてきているので気になりだした頃だった。

「こんなの平気、平気。銀行のお茶汲みの方がずっと重労働よ。湯島天神へ着いたら又何か食べましょうよ」

明るい夕暮れであったから天神近くの蕎麦屋へ這入り、二人でおかめ蕎麦をとって寛いだ。

「ねぇ。洋子さんは新聞を読んでいるの？」

突然輝美が洋子に訊ねた。

「朝が早いから読む暇がないのよ。夜は夜で眠いし……」

「わたしもそうだけど、うちの兄が言うのよ。ここのところ恐い事件が続いているから新聞から目を離すな！　って」

「何かあったっけ？」

「去年の七月に国鉄総裁の下山さんが殺されたでしょう？　そのすぐ後の八月十六日に福島県松川駅近くで貨物列車転覆事件があって松川労組と東芝労組が協同でやった事になっているのよ」

「そう言えば、そんな事あったね」

上野駅の小使いさんの就職口に乗り気になれなかった父親が、三鷹事件、下山総裁殺人事件、松川事件、と国鉄の記事が出る度に目が吊りあがり、新聞に食らいつくような格好で読んでいた姿が洋子の目にも残っていた。

「わたしの従兄が田端電車区で保線区長をやっているのよ」

輝美は急に怯えた表情を浮かべると声を潜めた。

「あなた国鉄総裁下山さんが殺された記事も見てないでしょうけど轢死体なのに一滴も線路に血液が飛び散ったり付着していないで、分断された体だけが線路上のあちこちに散らばっている状態……って想像できる？」

「殺してから死体をあちこちにばら撒《ま》けば有り得るんじゃないの？」

「だって生きた人間を殺せば多少の差はあっても血は流れるはずよ。保線区の従兄は轢断死体が発見された七月六日朝現場へ行ったらしいけど、血液の謎を知っているのは真犯人だけだ……って言っていた」

「冷凍人間を切れば血は出ないかもしれない……と、思う」

推理など全く試みた事のない洋子が知恵を絞って言ってみると、輝美はもっと声を潜めた。

「生きている人間から血液をそっくり抜いてしまう方法もあるんですってよ」

「ええっ！　まさか！　それでも生きて居られるの？」

「まさか！　有り得ない。でもこの話もう止そう。暗くなってきたら背筋がゾクゾク寒くなってきた。でも、この後から続く八月十六日の松川事件の方がもっと手が込んでいて怖いみたいよ。もっと詳しく従兄から聞いたら教えるから」

「もう怖い話はいいよ。夢に出てきそうで」

「だめ、だめ。これは夢でなく日本で起こった現実だもの」

洋子は改めて輝美の顔を見直した。細面で鼻筋が通り美しい人である。二歳年上でも同級生なので普段は意識しなかったが物事をよく考える点では、いつでも洋子の先を行っている。戦後の混乱で高等学校へ入学するチャンスが遅れただけなのだ。二年前に父親が癌で他界した、とも語っていた事がある。この夜は洋子が自分の遅れに気付いた大事な夜でもあったが、以来二人で出掛ける機会が無かった。

（三）

相変わらず銀行員の輝美は遅刻をしていたが、幾つかの科目の単位の不足をレポートの提出で埋めて貰えたらしく洋子も輝美も無事二年生になった。七月に入り夏休みも近づくので何か浮いた気分の洋子に輝美からお誘いがあった。

「田端電車区の従兄が給料日なので奢るから遊びに来ないかって言うのよ。そしてネ。友達も誘っておいで。幾人来てもいいよって言うけど、実際は六畳一間のアパート。洋子さん一人でも満員よ。でも面白い従兄だから来てみない？　従兄のほうも友人を一人か二人誘ったみたいよ」

「良いのかしら？　わたしで？」

「上等よ。上等。ただし土曜日で夜のパーティだから洋子さん大丈夫？　それが心配よ」

「参加させてください。きっと社会の窓になると思うから」

「えっ。社会の窓？　アハハ。アハハ。大袈裟ね。でも楽しみ」

その週の土曜日が近づくと、洋子は女性主任の岡崎さんに翌日の日曜日の早出出勤の事を相談してみた。午前七時までに入らないと遅刻扱いになるからだった。

「じゃあ今回は私が早出当番を交替してあげましょう」

四十代に入った主婦の岡崎さんにとっても早出出勤は厳しいスケジュールに違いなかったが快く引き受けてくれたので洋子は胸を撫で下ろした。まだ未婚の男性課長は結核を患っていて清瀬の療養所へ年に数回は入所してしまう。

「経理の帳簿がその度に停滞して全く困る。市場功労者の息子でなかったら、あの方はとうに解雇されている」

課長の脇で補佐役を務めている夜学生の水野圭子は、課長が清瀬へ行ってしまうと、いつもグチを零した。夜学も四年生になり、更に上の大学を目指していた圭子にとって勤務終了後の補習は何事にも替え難い重要課題なのにそれが出来ない。

土曜日の午後四時、秋葉原駅で待ち合わせた輝美と洋子は田端《たばた》駅で下車。八百屋の前で輝美が足をとめた。

「スキ焼きをやるそうだから何か買って行こうか。春菊とか生椎茸を少々」

スキ焼きと聞いて胸を突かれたのは洋子だった。牛肉も豚肉も鶏肉も、すべて肉と名が付いているものは洋子は苦手だった。動物が可哀そうで、喉を通らないのである。

「肉は、どうするの？」

心にもなく聞いてみると、

「次郎さんは安月給だから肉なんかチョッピリしか入っていないと思う。でも本人が奢ると言う以上顔を立ててあげないと……」

かれこれ言いながら輝美は八百屋の差し出した包みを抱えて歩きだした。次郎さんのアパートは直ぐ近くにあったが、洋子は人知れず（チョッピリの肉）に、ほっと胸を撫で下ろしてアパートの階段を登った。

すると二階の狭い廊下には、もうスキ焼きの甘ったるい匂いが充ち満ちていた。廊下の突き当たりが共同の炊事場になっていて見知らぬ二人の男性が甲斐甲斐《かいがい》しく働いていた。一人はネギを刻み、もう一人は焼き豆腐に包丁を入れたり、白滝を濯《ゆす》いだり、ザルにあけては水切りをしている。その上口笛など吹いて、えらく楽しそうである。

板張りの戸をノックして開けると次郎さんが破顔一笑。七厘コンロを前に胡坐《あぐら》をかき、大きな鉄鍋でまさに調理を始めるところだった。卓袱台《ちゃぶだい》の上には竹皮が広げられ牛肉がこんもりと山積みである。

「はい、これ、お土産です」と、輝美が野菜を差し出すと、

「オーイ。山田君。差し入れだ。差し入れ！」と、大声を放った。

山田と呼ばれた青年が嬉しそうな顔で入ってきて輝美の野菜を受け取ると炊事場へ走った。

「オーイ。佐藤さん。ビールは冷えましたか？　そろそろ運んでください」

主催者らしく采配を振り次郎さんの宴会は始まった。

「この人は佐藤さん。もと客車の運転士。国鉄を解雇されてからタマゴ屋さんです。奥さん一人、子供さん二人の妻帯者です。宜しくね。それから、こちらは山田君。保線区の後輩で信頼すべき重要な仲間。ただ彼の欠点は男前が良すぎるので異性にもてすぎる事ぐらいかな？　以上」

次郎さんは小柄ながら五分刈り頭の闊達な人で、鋭敏な感じさえ与えた。佐藤さんは、すらりと背が高く細身で、よく見ると瞳が碧いので洋子も輝美も内心驚いた。

「こちらは私の親友で洋子さんです。二人とも高二です」

「そりゃあ凄い。若さというものは金では買えない尊いものだ。あの戦争の中を良く生き残ったなぁ」

佐藤さんは、碧い目に涙を浮かべ二人に握手を求めた。女性にはジュースを注《つ》いで乾杯に入り、洋子が神田市場に勤務している話をすると、

「いやいや、これは奇遇だ。わたしも神田市場へはタマゴを卸しに行きますよ。何しろタマゴ屋さんですからね」

「今夜のタマゴは全部佐藤さんのお持たせ。肉よりタマゴのほうが多いぐらいだから遠慮しないでどんどん食って」

次郎さんは、そう言うとグツグツ煮立ってきた鉄鍋から肉や野菜、白滝、豆腐と皿へ山盛りにして洋子に差し出した。

「この人、肉が駄目なんですって」輝美が言うと、

「判った。じゃ一切れだけ食ってください。今夜の思い出に」

主催者にそう言われては食べないわけにはいかない。皿の上の肉を選り分けて最も薄い脂身の無いところを春菊とネギでくるみ、溶いたタマゴに充分潜らせると、ぐっと一息に呑み込んだ。すると、そう悪い味でもない。なかなか美味である。もっとも肉には歯を立てていないからスキ焼きの旨味成分だけを啜ったことになる。

「お見事。お見事」

三人の男性に拍手されて洋子が羞《はにか》んでいると、板戸を強くノックする音。「どなたですか？」次郎さんの問いに、

「いやぁもう我慢ならねぇ。いい匂いだねぇ」

がらりと戸が開いて顎の長い青年が顔を出した。

「あっ。谷さん。徹夜じゃなかったの？」と次郎さん。

「シフトが交替。今帰ったら、この匂いだもの」

「了解。了解。谷さんを忘れるわけがないでしょう。さあ座って座って」

谷さんが佐藤さんの隣へ座ると、次郎さんは両手で目と耳を塞ぎ茶化したように嗤いながら言った。

「彼は朝鮮行きの秘密兵器製造工場の主任です。要注意よ」

「また、それだ。僕が受注したわけではないですよ。会社が経営困難に陥って社長が受注したわけで、働く者に罪は無い」

「兵器は人を殺す道具ぞ。部品といえども武器は武器だ」

「今夜は止せ。スキ焼きパーティだ」佐藤さんが言った。

「女性が一緒だと燃えますね」

気を取り直した谷さんが嬉しそうな表情で言うと、

「燃えているのは君のヘアーさ。もっとチリチリに燃えろ」

次郎さんが又茶化すので二人の女性が注目すると、確かに谷さんのヘアーにはパーマがかかりウエーブが流れている。

「パーマが悪いか！　負け惜しみを言うな！　こいつの職場は親方日の丸だから狙われてね。あっちからもこっちからも火の手が上がって大火事ですよ。いくら消火に勤めても放火犯が大物だから捕まえにくい。ＧＨＱが存在する限り何をしても勝てませんよ。その内次郎さんのヘアーにも火が付きますからご用心」

「その通りですよ。谷さん」

静かに見守っていた山田さんが微笑みながら相槌を入れた。笑うと左右に八重歯が覗き、確かに山田さんは（可愛い人）だ、それに気品も備わっている、と洋子は思った。

「さ。乾杯だ。乾杯」

佐藤さんが再び音頭をとって乾杯し、輝美が時折注いで回ったが、手酌も含め、瞬く間にビールが半ダース消えた。

「国鉄で働く人達ってどのぐらい居たんですか？」

突然洋子が誰に？　ともなく質問したので、輝美が吃驚《びっくり》して洋子の顔をまじまじと見た。

「戦前は二十万人と言われていたが戦争中に増えて、戦後は六十三万人にもなっていたんだな」

佐藤さんが答えてくれた。

「沢山の人が出征したり戦死したり、東京でも空襲で随分死にましたよ。それでも国鉄職員は増えたのですか？」と、洋子。

「戦時には男子の代わりに女子が大勢徴用されたし、敗戦で突然召集解除になった人、満鉄従業員などの引揚者、もと国鉄職員の復員兵、等々当然復職する権利は有るわけだから、それで膨れ上がったと言える。さて昭和二十四年六月から国鉄は公共企業体と変り独立採算制をとることになった。定員法が出来て十万人近くが首を切られる羽目になったわけよ。仕事もない路頭へ十万人が放り出されるのさ。ハイ左様ですかと労働組合が引っ込めるわけが無いでしょう？　その交渉中に国鉄総裁の下山さんが殺害されたから、あたかも労組と共産党がやったように新聞も書き立てたけど、僕らは絶対にそんなことはやらない。むしろ下山さんは技術畑から上がった人だったから労組は期待を持っていたよ」

もと運転士の碧い目が赤く熱を帯び説得にも力が籠った。

（首切り……という言葉は信長、秀吉等の戦国時代を思わせて洋子は恐ろしかったが、職を奪われる、職を失うという事が、どんなに家族にとって致命傷になるか……洋子は知っていた。父や母の嘆き、日毎の夫婦喧嘩を見れば判る事だった。でも何で国鉄総裁の轢断死体と繋がるのだろう。それを、もう少し聞いてみたい）と、洋子は思ったが、時計を見ると既に九時。洋子は輝美と慌てて顔を見合わせた。

「そろそろお嬢さん達の帰宅時刻が迫っているようだから谷さん記念に何か唄ってあげてよ。いつもの故郷の民謡でも良いよ。僕がはやしてあげるから」

次郎さんが立ち上がって「はあー」と声を張り上げた。

「そうだ。そうだ。彼は声が良いんだよ。やってくれ」

佐藤さんも立ち上がって手を叩き始めた。

「よし！　いくぞ！　会津磐梯山《あいづばんだいさん》は宝の山よ」

谷さんは首を振り、大太鼓を打つ手振りになった。すると山田さんも立ち上がって拍子をとり始めた。

何と朗らかな磐梯山なのだろう。雪の下で眠る雄大な磐梯山しか知らない洋子は目をみはって聞き惚れ、輝美と頷き合った。帰り道、二人は又腕を組んで歩いた。

（四）

昭和二十五年六月に朝鮮戦争が始まってアメリカが参戦するようになり、ますます話がややこしくなって洋子の頭脳と推理では到底説明ができない。中学二年生になった弟の弘志《ひろし》が嫌に理屈っぽくなって時折質問を投げかけてくるが、何と答えてよいか判らない。ともかく幼い頃から（昭和の子供達は）わけの判らない環境に追い込まれて敗戦を経験し、また戦後次々と起こる怪奇事件も知らぬままでは通用しない。輝美に色々訊ねると、これも又従兄の次郎さんから仕入れて来るらしい。朝鮮戦争が始まる前の三月には松川事件の【対策東北地方協議会】が出来て十月には第一次現地調査が始まっていたと言うのである。ともかく無実の労働者達に死刑とは酷過ぎる話なので、新聞に太字で大きく松川と出た時は、洋子は日本地図を拡げて東北線郡山《こおりやま》を基点に探してみる。地理に疎く上野駅と郡山駅ぐらいしか知らないのである。何処の県かも判らない。上野を出発して郡山駅へ入り、辿って行くと二本松市《にほんまつし》に入った。突然智恵子の森が目前に現れ、仰ぐと安達太良山《あだたらやま》が直ぐ左方に広がっている。（東京には空が無い……阿多多羅山の山の上に毎日出てゐる青い空が智恵子のほんとの空だといふ）高村光太郎の詩を思い出し、しばし足を留めていると洋子は何を探していたのか判らなくなった。そしてやっと二本松の二つ先に【まつかわ】駅を見つけた。

でも何故郡山駅の先に松川駅があったのか？　不思議でならない。それはこの東北本線の郡山駅には洋子をはじめ加山一家にとって重大な思い出があり、決して忘れる事が出来ない場所だったからである。

窓ガラスを叩き割って列車の窓から荷物を投げ込む者。幼い子供を押し込む者。押すな！　押すな！　と叫びながら前の群衆を押し、「死んでも手を放すな！」と叫ぶ父の首に洋子がしがみ付いて列車に押し込まれた上野駅。三月十日未明のアメリカ軍の空からの猛爆撃で東京中が火の海となり、駅は全く閉鎖状態だった。そして数日後、やっと上野駅に避難列車が来たのだから人々が気狂いになって命がけの切符の為に夥しい行列を強いられ、気狂い同様の有りさまで列車に飛び込むのも無理はなかった。

「この子だけは座らせてください。この子だけでも！」

父が叫んで、やっと洋子が座ったが、通路には立ちっぱなしの人がほとんどで、そこへ新聞紙を敷いて寝転んだ人があったから大騒ぎだった。そんな騒ぎの仲裁をして順番に座らせるように指揮を執った。（父には、そんな才能があった）しかし父には父で一家の主として重大な悩みがあった。何しろ加山家は東北方面に親戚が無い。（父の故郷は伊豆新島《にいじま》で、東京湾の出入口に位置している。戦時には小島《しょうとう》であっても空港から高射砲で敵機を撃墜する任務があり疎開は無理だった）

父は猪苗代湖《いなわしろこ》畔で旅館を営んでいた知人を頼ろうと決心して郡山駅で家族を下車させた。猪苗代へ向かう支線を訊ねると「真夜中の事でもあり、戦時のこの状況では何時に列車が到着するのか判らない」と、たった一人しか居ない駅員が答える。洋子の運動靴も靴下も列車の中で揉まれているうちに無くなってしまったから素足である。駅の周囲は夜目にも判る雪景色で屋根一つ見えない。郡山で下車した人は居ないのか？　寒くて冷たくて一家全員がホームで足踏みを繰り返し冷気に耐えていたが遂に父親が駅員に頼んだ。

「火鉢はありませんか？　炭火は有りますか？　足の不自由な娘が素足なんですよ」

随分時間が掛かったが、それでも駅員はホームへ火鉢を運んできてくれた。それから又一、二時間待って湖畔へ向かう列車が到着した。上戸《じょうこ》と言う駅で降りても電話も通じない見知らぬ土地。猛吹雪の中でやっと出逢った人に旅館の名を言うと教えてくれたが、これがまた猛吹雪の雪景色で何も見えない。洋子がヒイヒイ泣きながら母の手を引っ張ると母が滑り、弟が滑る。母子雪まみれでグショグショに濡れそぼっていると遠くの方にぽつんと明かりが見えた。

父が何とか近寄って大声で旅館の名を叫ぶと雪の下積みの奥の方に玄関があり人が現れて「ここですよ」と答えたと言う。転がったり滑ったりを繰り返しながら近くまで行くと十数段の雪の階段が下へ向かって延びている。洋子は尻でその階段を滑り落ち、その勢いで旅館の中へ突入した。

突然の訪問ではあったが空室があったので旅館に受け入れて貰え、毎日のように舞茸の味噌汁と蕨《わらび》やぜんまい、ウドの煮物であったが、白いご飯にも巡りあえ、食糧の乏しい生活を強いられてきた東京人にとっては嬉しいご馳走で幸福をもたらしてくれた。敵機の来襲もなく暖かい布団に包まれて眠り、洋子は窓から毎日雪を被った磐梯山と氷の張り詰めた猪苗代湖を眺めて暮らす。弟は氷の張った湖が嬉しくて走ったり滑ったりしていた。そんな一、二ヵ月を経て、父が会津坂下《ばんげ》に蔵の二階が空いている民家を見つけて来て引っ越しをする事になった。知人とは言え旅館なので滞在費は有料であり、一家数人の経費は馬鹿にならない金額だったのである。

会津坂下の蔵の一階には既に一家五人の東京の避難民が占有していた。階段と小さな切り窓しか無い二階でトイレも無ければ台所も無い。総てを蔵の外で一階の住民と一緒にやるので防空壕時代と大差はないが、空襲が無く、田圃や畑が周囲に点在するのでリュックサックを背負って農家へ買い出しにいけば何とか食べられる事が取り得だった。洋子と弟以外の家族は全員交替で毎日のように買い出しに出かけた。そして、その土地に加山家の家族が住んで数ヵ月後、忘れもしない八月十五日、日本は終戦の日を迎えた。その苦難の思い出の地から遠からぬ場所【松川】で忌まわしい事件が起こったと言う事は、偶然を超えた【何か】を洋子に感じさせる。

（五）

洋子と輝美は定時制高校の三年生になった。朝鮮戦争はまだ続いていた。谷さんの工場から産出される兵器の部品は何処へ流れて何処で組み立てられ、どんな兵器となって人々を苦しめたのだろうか？

洋子の夢には、草むらや鉄路や焼け焦げの廃墟が度々現れる。逃げ回ったり隠れたり死体を見つけたりする。そしてどの死体にも血が付いていなかったりする。おかしな事があるものだと死体を検分していると、突然背後から列車が迫ってくる。或る時は、空からの攻撃で爆弾や焼夷弾が人間の胴体をばらばらにする。美しい夢や楽しい夢は現れてくれない。寝覚めが悪くても早起きして市場へ出勤しなければ大変な事になる。母に起こされて時計を睨みながら朝食を摂り、手提げカバンに教科書を詰めると出発する。数学は選択科目になっていたから当然外してあったが、小学校時代に戦争が絡んでしまったから数学の基礎を覚え損ない、中学から高校へ進んでもそれが不得意な科目として残った。もう一つは、体操に参加出来ないので見学をしてレポートを提出すると単位が貰えた事が特筆すべきことかもしれない。

或る夜、二時限目の社会科の授業が過ぎても輝美が登校して来ないので三時限目の日本史の教室へ移動する為に洋子は一人で廊下を歩いていた。すると珍しく同級の岩村トメが近づいてきて、

「安田さんは今日は休みなの？」と、訊ねる。

「判らない。何も聞いていないから三時限目から出席かも」

洋子は何気なく答えたが、

「あの人大丈夫？　どの科目も単位が足らないでしょうに」

微妙に絡んだような言い方をする。

「大丈夫よ。足らなければレポート提出という方法もある」

自分の経験から輝美を庇って洋子がそう答えると、何を思ったか岩村トメは黒い制服姿の胸を洋子の胸にグイッと寄せてきて小さな声で囁くように言った。

「安田さんが貴女と腕を組んで歩くのは目立ちたいからよ」

…………絶望と言う文字が洋子の目の前を掠《かす》めた。悲しいとも無念とも言いようのない絶望感……友情を否定された時の絶望感ほど深い絶望感は無い……とくに当事者が障碍者《しょうがい》であれば尚更……と、瞬間洋子は思った。しかし、次の瞬間、直ぐに洋子は立ち直った。

岩村トメよりも洋子は輝美を信頼していたし尊敬していたから何も恐れる事はな

かったのだ。ただ、どのような返答をすべきか思い付かなかったので、黙ったままトメの傍を離れた。

恐らく担任の教師かクラスの誰かが噂話で輝美を褒めたのでトメは嫉妬したのに違いなかった。

その夜、輝美は四時限目に出席したが非常に疲れきった様子に見えた。帰りも又洋子の腕に手を回してきたが、洋子は敢えて拒否しなかった。しかし、なるべく力を入れないように、いつもより慎重に上手に歩いた。

「私ね、今の銀行で五年目になるから、とうとう転勤の辞令が出てしまったのよ。来月から小岩支店勤務なので今夜は送別会だった。ますます学校が遠くなるから心配だわ」

輝美は、そう呟き今まで以上に力を籠め洋子を引っ張った。

（六）

一九五三年（昭和二十八年）朝鮮戦争の休戦協定が整い三十八度線を境に北朝鮮人民共和国と韓国が生まれた。

どちらの国を応援するわけでもないが、ともかく輝美の従兄の次郎さんと隣室の谷さんが言い争いをする種は当分遠のいたので、輝美と洋子は学校の帰途、肩を叩いて喜び合った。

「ところでスキ焼きパーティでお会いした山田伸治さんと言う方はお元気なんですか？」

洋子が一番気に懸かっていた人の名を思い切って訊ねてみると、輝美は意外に頬を染めて恥ずかしそうに言い淀んだ。

「お元気ではないの？」

不思議に思って洋子が再び訊ねると、

「このあいだお会いしたけど、とっても元気だった」との返事。

「まぁ羨ましい。次郎さんの部屋で？」

「あのね。映画に誘われたのよ。小百合さんの【ひめゆりの塔】だった」

「私も観たかったなぁ。今度良い映画があったら誘ってね」

洋子は気楽に言ってみたが、心の中が騒《ざわ》めきはじめたのを感じた。輝美は何時《いつ》にな く無口になり、時折何かを思い出すような楽しそうな目付きを見せるので、人を恋し はじめた洋子には、総てが読み取れたような直感が働き、衝撃まで覚えるのだった。

小岩から学校へ駆けつける輝美は何時も忙しそうで可哀相《そう》だったが幾つかの科目の レポートを提出して単位を稼ぎ、二人の友情を微妙にからめたまま四年生の春を迎えた。

この年七月には総評による【松川事件】公正裁判の要請が成された。

翌昭和二十九年（一九五四年）白鷗高校定時制過程の第二期生達は卒業した。その卒業生の誰もが下山事件や松川事件などの一連の労働組合弾圧の事件に関心を持ったわけではない。逆に労働運動に携わると損をする、とか、恐ろしい目に遇うから組合員にならない方が良いという間違った観念を産み出した人もあったかも知れない。

マッカーサー司令部は日本の農地改革の一環として不在地主や大地主からほとんどの土地を召し上げ、小作人に無償で分け与えたから、小作の農家にとっては占領軍の存在は決して悪いものではなかったはずであるが、労働組合を大いに推奨してきた司令部が（東西のバランスが崩れ始めると）今度は組合運動を弾圧する側に回った。いわば、占領下に於いては日本国民の運命は司令部の掌の上で転がされる小石に過ぎなかった事を洋子も輝美も判りかけてきた。夜学の四年間が少女達に語りかけ、そして育んでくれたものは真実の大切さであり、政治の重大さであり、一人一人の胸に「自己」と云う原石を宿してくれたことである。

二十歳を迎えた輝美は更に美しくなり、洋子にとっては益々眩しい存在になった。

学校の帰り道に二人で腕を組む習慣は無くなったが、日曜日になると輝美はよく神田市場へ立ち寄って昼食時にはお喋りをして帰って行った。

（七）

「次郎さんから又呼び出しがあったのよ」

市場の競《せ》り売りが一通り済んで昼食が始まる時間帯に、事務所のガラス戸を開けて輝美が顔を出した。いつの間にか事務所のスタッフとも輝美は顔馴染みになって、お茶に呼ばれたり西瓜《すいか》をご馳走になったりする。

「今日はダメなんです。大事なデートです」

輝美は笑いながら辞退した。そして久し振りに二人で腕を組んで歩き、中華料理店でラーメンを食べた。

「三時半頃に仕事終わるの？　今日は山田君が重大発表をするから喫茶店で会おうと言うのよ。洋子さんも誘っておいでね、だって。興味が無ければ別に来なくても良いのよ」

「行く。もしかしたら貴女にプロポーズの決意かも……」

「まさか！　人前でそんなことは有り得ない。じゃあ駅前のサンガで待ってるわね」

時間通りにサンガへ行くと次郎さんと輝美が氷水を飲んでいた。

「山田君はチョット遅れるがね、必ず来る。今日は彼にうんと奢らせるから食いたいものを決めておきな」

「次郎さんは又癖がでた！」

輝美が茶化しているとボサボサの頭髪でノーネクタイの山田君が現れた。

「お待たせしました」

「今日は君の目出度い発表があるから何を奢らせようかと待ち構えていたんだ」

「チットモお目出度くなんてありませんよ」

「馬鹿言え！　目出度いよ」

「出来ちゃったから仕方なし……ですよ」

「出来ちゃった婚か。でもな、それではお嬢様達には意味が通じない。三ヵ月後には可愛いベイビーが生まれますと正直に発表するんだな」

「判りました。今月末の大安の日に結婚式を挙げます。今まで通りお付き合いのほどお願い致します」

洋子は勿論のこと輝美まで驚いた表情で山田君の顔を眺めた。

「よし。発表が済んだから、それぞれ食いたいものを注文するとしようか。どうしたの？　二人とも気を呑まれちゃったよ。どんどん注文して。彼の家は金持ちだから遠慮することは無い」

「それでは厚かましく私から……チョコレートパフェ」

洋子が空気を破ろうと、思い切って声に出した。

「バニラアイスで結構です」と輝美。

「パエリアと言いたい気分だが僕もレモンティーでいい」

「えらく遠慮っぽいなあ。じゃ注文しますよ」

山田君は指を上げウエイトレスを招いた。

山田くん自身はナポリ風のスパゲティを食べ紅茶を啜って一足先に帰って行った。何でも両親が建てた戦後のバラック小屋を壊して家を建て替えるそうで、その準備に追われているとの事。

「ああ見えても、彼も戦前は少年志願兵で満州へ送られて苦労してきたからな」

と、次郎さんは呟いた。

「山田家は大地主だったそうで、戦後、彼が復員してみるとマッカーサーの農地改革で全部無くなっていた。麴町の屋敷跡だけが残っていた……と聞かされた事があるよ」

「加山家など全くの無産者で取り上げようもないけれど、資産家は資産家で悲しみも深いわけね」

洋子が感慨深げに頷くと、次郎さんは再び言葉を継いだ。

「しかし、彼には素晴らしいものが備わっている」

「何なの？　それって？」

初めて輝美が口を開いた。

「総ての土地を返上させられた山田が、一言も愚痴を言わずにマルクスの資本論を学んだりして自身の立場を学問的に理解しようと努めている事だな。これって誰にでも出来る事ではない」

輝美と洋子が、その言葉を充分咀嚼《そしゃく》出来ずに淀んでいると、次郎さんは二人を茶化すかのような含み笑いで言った。

「僕もカー付きマイホームでも持てたら嫁さんを探すか？」

（八）

一九五五年（昭和三十年）作家広津和郎《かずお》氏が呼びかけ発起人となって松川事件対策協議会【松対協】が結成され、同年八月十七日、福島大学の学生が中心となって【国際行動デー】の運動が起こされ、続いて十月【仙台から東京までの公正裁判要求の大行進】が行われた。この年は戦後十年目にあたり、国鉄労組と東芝労組の組合員が言われも無く逮捕されてから六年目にあたっている。

社会的な問題に無知だった洋子もこの事件の奥深さが追い追い判ってきたので、新聞や諸雑誌の論評や記事を注意深く読むようになった。不思議な事にケンカ相手だった弟の弘志が、いつの間にか昼間勤務と夜間の高校通学を果たして大学生となり「占領下に於いて日本の司法権が適用されるのか？　否や？　の分岐点であり、憂慮するべき大問題である」と、論じたりするようになった。

一九五六年（昭和三十一年）【総評】と【松対協】が共催で初めての一般人による現地調査団が組まれ、二百五十団体から四百五十五名の参加を得て実行された。

相川輝美もその調査団に加わった一人であり、詳細は洋子に伝えられたが「犯行時刻は真夜中、雨上がりの鉄路を足に障碍のある人が長時間歩いてレールを外したと言う検事の調書は嘘よ。健康体が真昼間歩いても鉄路は平坦な所が少なく、カーブも度々あって歩く事が困難だった。それでも、どうしても歩かせた事にしないと辻褄が合ってこないから我武者羅《がむしゃら》に押し通すのが、関係した検事達の特長なのよ」と、親友洋子の引率経験を持つ輝美が自信たっぷりの第一声であった。

一九五八年九月七日『明けない夜はない』『松川事件―真昼の暗黒』の著者山田清三郎氏が講演を行い、映画『真実は壁を透して』が上映された。

一九五九年三月二十日　現地調査実施
　同年八月十日　最高裁が原審破棄、差戻しの判決。
一九六〇年三月二十日　（差戻し審公判の前日）
　現地調査の為午前七時二十分
　福島駅前集合。八時調査開始。
一九六一年七月二十一日　松川町にて国民平和大行進を行う。
　金谷川中学校鼓笛隊の出迎えを受ける。
　同年八月　仙台高裁へ向けて松川大行進行う。
　（輝美も銀行の同僚と行進に参加）
　同年十一月十一日　福島市教育会館にて広津氏講演。
　全員『無罪判決』が有り県民祝賀会を行う。

一九六〇年三月の現地調査には相川輝美は再び参加して洋子の足となって鉄路を踏みしめてくれた。僅かな証拠品もレールを外した犯行現場の直ぐ近くの田圃の草叢《くさむら》にポイと捨てた感じの安易さであり、ボルト・ナットを締めたり緩めたりする片口スパナは、普通鉄道では長さ七〇センチのものを使用するが、証拠品の自在スパナは全長二四センチと言う小さなもので、ちょっとした家庭の道具箱の中にも見かけられる程度のもの。それで、もし犯人達がこれを松川線路班から持ち出して犯行に及んだとするなら、何故常に用いる片口スパナを持ち出さなかったのか？　鉄道に少しでも知識のある人なら直ぐ気づく事なので、これだけを見ても如何にお粗末に【松川事件】がデッチ上げられたかが判る……輝美はその他にも色々な事を洋子に報告してくれた。

その詳細については広津和郎氏がいちいち裁判を傍聴し、記録を取り寄せ（専門分野でないが為に尚一層の努力を重ね）格闘を繰り返し【松川裁判】の記録を残して下さったので、洋子と輝美の友情の記録からは割愛《かつあい》したい。ともかく、敗戦の日本が占領下であっても、労働組合運動を潰す為に国鉄労組と東芝労組合わせて二十人の青年男女を磔にすることを許さなかった日本国民の勇気と同胞愛、弁護する為に敢えて氏名を公表し登録する労を惜しまなかった二百数十人の弁護士の方々、そして法廷で弁論に携わり闘ってくださった三十数名の弁護士の方々、また事件当初から松川事件に注目し携わって来られた福島大学の伊部《いべ》正之《まさゆき》教授、推理作家の松本清張氏をはじめ、その他文章で意欲的に闘ってくださった作家の方々。洋子も輝美もこの方々を青春時代の残像として胸の奥深くで温め、忘れることは出来ない。

松川事件が全員無罪の朗報を得て、世間も洋子の両親も愁眉を開いた数ヵ月後、或る日曜日の昼下がり、輝美が嬉しそうな顔つきで市場へ遊びに来た。

見ると、いつも素ッピンの輝美の唇に紅いルージュが光っている。

「何か嬉しそうね。何かあった？」

訊ねる洋子の問いに、

「婚約したのよ、銀行の同僚と」

その瞳が、しっとりと濡《ぬ》れて幸せそうに見えた。

あとがき

柚《ゆず》　かおり

もともと自分が将来「遊郭」のことを書くことになろうとは想像もつきませんでした。また傾城《けいせい》業の三浦屋に高尾と呼ばれる遊女が十一代（実際は八代くらいまで）も存在したなどということは興味の他でした。強《し》いていうならば、講談などで「紺屋高尾」の小話を聞いて幾らかの知識を得ていた程度ですから三百七、八十年も前に花街で「おいらん」に登りつめた高尾の生涯を調査するなんて途方もないことは、想像するだけでも気乗りのしない話でした。

それが或る日（三十数年も遡《さかのぼ》ることですが）夫の両親の墓を建てた寺院に「萬治高

尾」の古い墓があることを知り、私の姉が物知り顔に「古いお墓は拝まない方が良い。お前はそれでなくとも夢に捕らわれる方だから……」というので、私もそれを守って矢印のある高尾さんの古い墓の方を見ないようにして通り過ぎていたのです。内心では「目出たし目出たしの紺屋高尾ではないのか？」と疑ってみたりしたのですが、その寺院では高尾の「由緒書」を作っていなかったので暫くはお参りもせず、そのことを住職に訊ねてもみなかったのです。

それなのに私は「萬治高尾」の夢を数回もみてしまいました。当時在世中のご住職に相談すると「美人の夢なら僕もみたかったよ」と笑い話にされてしまったり、或る熱心な日蓮《れん》宗の信者は「拝まないからいけないのです。私が一緒に行って拝んであげます」と言われて初めて二人でお墓の前で手を合せ、お花とお線香を手向《た》けました。確かに年月を重ねたお墓は古ぼけて見え、赤茶けた焦げ跡が戦火を思わせ、ひび割れは痛々しく貼り合されていたのですが、頭頂部は花びらのように隈どってデザインされていました。初めて見る独特なスタイルのお墓で、小振りなのも愛らしく、どんなに私がホッとしたかお判り頂けたら有難いと思います。ちょうどその頃、かつて台東中学校時代に国語の教師でおられた鏑《かぶら》木規《のり》子先生にお会いしたので（鏑木先生とは五十数年もお付き合いさせて頂きましたが）例の高尾さんの一件をご相談すると、「必ず彼女の生涯を書いてあげなさい。彼女は貴女を見つけて書いてもらいたい一心で再び此の世に現れたのだから、必ず書くのよ」

諭すように言って下さった先生も数年前に亡くなってしまわれましたが、それを思い起こして調べはじめてみたものの、最初はあまりにも資料の少なさに身の縮む思いがしました。そんな矢先にご住職から北小路健著『遊女』をお貸し頂けたので、やっと目の前が拓けはじめたのです。その書物は参考資料の中にも連ねておきました。まだ一部に調べておきたい箇所がありましたが（道哲の年齢が知りたいので）知恩院の奥深い記録書の中までは私の手が届くこと能《あた》わず……です。後進の研究者に期待を残して、年をとった私は一《ひと》まず一篇の作品に仕上げて世に送り出したいと思います。「塩原高尾」とも「島田高尾」とも囃《はや》された高尾に何冊かの類書があることは承知していますが、それは駆け落ち説か病死説に分類されると思われます。伊達藩の隠密たちが藩存続のために必死で流した作り事の情報は今でも各県の村々に伝説として残ってしまったことでしょう。ただ私が遊女としての高尾を調べていくうちに気付いた大切な事《こと》を加筆したいと思います。それは最初のうちは「可哀そうな高尾」「三浦屋の生《いけ》にえにされた高尾」でしかなかった一人の娘が「意志を持った強い女性」として生れ変ったこと——なのです。自身の願望を捨てて綱宗の側室になってしまえば命だけは助かったはずで、彼女は人を愛したことにより意志を貫く強い女性として綱宗に戦いを挑んだ事になります。これが私の一大発見でした。

歌舞伎の「仙台萩」にも山本周五郎の『樅《もみ》の木は残った』にも高尾は登場しません。彼女と道哲の死が闇から闇へと葬られ、表舞台へ登場する必要が無かったからです。

幼名アキと呼ばれる高尾が殺害された同年同月同日の日付で身代りの高尾は「仙台高尾」として側室になったことが伊達家の覚え書きに記されています。

これが殺害された高尾にとって、どんなに無念で口惜しいことか！

——無念でないわけがありません。


第二篇と第三篇は戦後の私達の青春、障碍者の青春を書かせて頂きました。

出版に際して鳥影社の百瀬社長からお優しいご助言や様々なご助力を頂きました。

心より御礼申し上げます。

また、高島平図書館の司書さん方やその他の図書館の司書さん方にも度々ご協力を頂き、ありがとうございました。

追　記

いわゆる日本髪は江戸も後半に完成されたものなので、町娘でありたかったであろう高尾にはあえて質素なかんざしでカバーをかざってもらいました。

〝障碍〟については碍の字に統一させていただきました。

平成三十年（二〇一八）九月記

〈著者紹介〉

柚かおり（ゆず　かおり）

昭和10（1935）年、東京都（旧）下谷区二長町に生まれる。

幼児期に小児マヒに罹り下肢に後遺症が残る。太平洋戦争末期の昭和20（1945）年3月、アメリカ軍の空爆で生家を焼失。

台東中学校を卒業後、千代田区神田青果市場にて11年間事務員として勤務。傍ら都立白鷗高校夜間部を卒業。後に中央労働学院文芸科1期生となり、多くのプロレタリア作家や評論家の講義を受講する（麻布三の橋、法政大学内にあった）。

昭和37～38（1962～1963）年にかけて、小児マヒ後遺症の改善のために整形手術を受け、9ヵ月に及んだため失職する。

後、中小零細企業に就職するものの、三度倒産の憂き目にあい、さまざまな経験をする。

昭和45年（1970）年、結婚し、夫と共に印刷会社「秀陽社」をたちあげる。

平成4（1992）年、夫の死去に伴い「秀陽社」を閉社。

「視点」「全作家」同人を経て「遠近」同人となる。

おいらん高尾

愛を抱いて死す

（他2篇）

定価（本体1100円＋税）

乱丁・落丁はお取り替えします。

2018年11月21日初版第1刷印刷

2018年11月27日初版第1刷発行

著　者　柚かおり

発行者　百瀬精一

発行所　鳥影社 (choeisha.com)

〒160-0023 東京都新宿区西新宿3-5-12トーカン新宿7F

電話 03-5948-6470, FAX 03-5948-6471

〒392-0012 長野県諏訪市四賀229-1(本社・編集室)

電話 0266-53-2903, FAX 0266-58-6771

印刷・製本　シナノ印刷

ISBN978-4-86265-709-1 C0093